書下ろし

恨み骨髄《こつずい》

のうらく侍御用箱③

坂岡 真

目次

一章　疫病神《やくびょうがみ》

一

空はからりと晴れ、盃《さかずき》のかたちをした雲がぽっかり浮かんでいる。

「朝酒か、うん、それもいい」

葛籠桃之進《つづらもものしん》は、ごくっと生唾《なまつば》を呑みこんだ。

八丁堀《はっちょうぼり》から海賊橋《かいぞく》を渡って聖天稲荷《いなり》の横道を進めば、おしんという美人女将《おかみ》が細腕一本で切り盛りしている居酒屋がある。もちろん、朝っぱらから顔を出すわけにはいかない。女将も化粧を落とした顔で、鼾《いびき》を搔《か》いているところだろう。

「我慢だな、うん、我慢だ」

こうみえても歴《れき》とした幕臣、働き口を失ってぶらぶらしている浪人とはわけがちがう。どれだけつまらぬ役目でも、とりあえずは出仕《しゅっし》し、眠いのを我慢して夕刻まで過ごさねばなるまい。

「しゃっきりしよう」

桃之進は歩きながら、両手でぱんぱんと顔を叩いた。

綿《わた》抜きしたばかりの黒羽織を靡《なび》かせ、日本橋大路を横切って稲荷新道を抜け、北町奉行所のある呉服《ごふく》橋御門をめざす。

「もし、のらく殿ではござらぬか」

「え」

足を止めて振りむくと、ずんぐりした猪首《いくび》の月代侍《さかやき》が笑っていた。

「この顔、お忘れか」

高い頬《ほお》にどんぐり眸子《まなこ》、獅子《しし》っ鼻にちくわ口、どこかで会ったような気もするが、思い出せない。

「無理もあるまい。かれこれ五年ぶりだからな。されば、これにみおぼえはござらぬか」

男はつつっと身を寄せ、眉間《みけん》の疣《いぼ》を指差してみせる。

「ほれ、いぼ俣《また》じゃ、いぼ俣軍兵衛《またぐんべえ》」

「おう」

桃之進は勢いにまかせて膝《ひざ》を打ったが、じつは「いぼ俣」という綽名《あだな》を思い出したにすぎない。目の前にふらりとあらわれた男の素性《すじょう》は、記憶の奥に眠ったままだ。

「ふはは、勘定所で机を並べて以来じゃのう」

ぱしっと肩を叩かれ、よろめいてしまう。

「その撫《な》で肩、ひょろ長いからだつき。あのころと少しも変わっておらぬ。どれ、顔をよくみせてくれぬか。おほっ、あいかわらずの腑《ふ》抜《ぬ》け顔じゃ。下がり眉《まゆ》にちっこい目、曲がりっ鼻におちょぼ口、八重《やえ》も散って鱚《きす》釣りの季節になると、おぬしの顔をおもいだす。おぬしに貰《もろ》うたあの継《つ》ぎ竿《ざお》、今でも重宝しておるぞ。養父の爺《じい》さまに貸してやったら、さすがは名人のつくった五本継ぎじゃと感心しておられたわ。ふふ、やっておるのだろう」

いぼ俣は、指でついと竿をあげる仕種《しぐさ》をする。

桃之進は頷《うなず》きつつも、必死に記憶をたどっていた。

手作りの釣り竿を進呈するほどの相手なら、かなり親しい仲のはずだ。

年齢もほぼ同じ、三十代のなかばであろう。軽口を叩いても許されそうだが、油断はできぬ。

「それにしても、おぬしほど覇気《はき》のない男もおらなんだわ。命じられた役目もろくすっぽやらず、手を抜くことばかり考え、上役に叱《しか》られてもへらへら笑っておったな。役目の段取りはすぐに忘れ、面倒事はなるたけ避けてとおりたがり、気働きはいっさいせぬ。それゆえ、だいじな役目は与えられぬ。無論、出世とは無縁じゃ。おってもおらずともどちらでもかまわず、毒にも薬にもならぬ。あげく、付けられた綽名が、いぼ侫は盃のかたちをした雲を眺め、懐《なつ》かしそうな顔をする。

「されど、わしはひそかにおぬしを買っておった。能ある鷹は爪を隠すの喩《たと》えどおり、おぬしの後ろ姿に大器の片鱗をみてとったのよ。今日のように、からりと晴れた日のことじゃった。おぬしは役所の濡れ縁に座って流れる雲を眺め、おもむろに人生を語りだした。人生は短いようで長い。何もかも放りだしたくなったら汗を搔けばいい。坂道を一気に駆けのぼり、坂の上から海原を見下ろす。潮風を胸いっぱいに吸いこみ、腹の底から吼《ほ》えてみる。ばかやろう、とな。おぬしはいつになく真剣な顔で、そう言ったのよ」

まったく、おぼえていない。坂の上に登ってばかやろうなどと、そのような阿呆《あほ》らしいはなしを、ほんとうにしたのだろうか。

「わしは教えられたとおり、何度となく海に向かい、ばかやろうと叫んでやった。すっきりしたぞ。憂《う》さ晴らしには覿面《てきめん》の効果があった。考えてみれば、わしはおぬしに救われたのかもしれぬ」

大袈裟《おおげさ》なことを抜かすとはおもったが、わるい気はしない。

それに、ふと、いぼ侫が垣間《かいま》見せた淋《さび》しげな顔が気になった。

「奥方は息災《そくさい》か。たしか、ひとつ年上の嫂《あによめ》であったな。ふた腹抜いた三十路《みそじ》年増にしては若やいでみえたぞ」

不躾《ぶしつけ》なやつめという台詞《せりふ》を吞みこみ、妻は息災だと応じておく。

「名はたしか、絹《きぬ》どのと申されたか。日本橋の呉服屋から嫁いできたおなごで、若い時分は小町娘であったとか。そのじつ、算盤《そろばん》のできるしっかり者とも聞いたぞ」

いったい、誰に聞いたのだ。

「教えてくれたのは、ご母堂さ。一本筋の通った気高いおひとじゃった。わしのことをひと目で気に入ってくれてのう。『わが葛籠家は家禄三百石の旗本なれど、ご先祖は神君家康《いえやす》公のおぼえめでたき近習、大坂夏の陣にて大手柄をあげた武辺者』と喝《かっ》しあげ、伝来の薙刀《なぎなた》をたばさんで演武を披露《ひろう》してくださった。懐かしい。お健《すこ》やかであられようか」

言われてみれば一度だけ、死んだ兄が世話になった先達の転出を惜しみ、勘定方の同僚たちを拝領屋敷に招いたことがあった。招いたなかに「いぼ俣軍兵衛」もふくまれていたのだろう。

いぼ俣は遠い目をしながら、他人の家族のことを喋《しゃべ》りつづける。

「おぬし、亡くなった兄の子を養嗣子《しし》にしたであろう。名はたしか」

「梅之進《うめのしん》」

「おう、そうじゃ。死んだ父が松之進《まつのしん》で兄が杉之進《すぎのしん》、おぬしが桃之進で弟は竹之進《たけのしん》、そして養嗣子は梅之進。松竹梅に桃と杉、まぎらわしいったらありゃしねえ。梅之進はもう元服か」

「いかにも」

「早いものよのう。そういえば、じつの娘もおったな」

「香苗《かなえ》でござるか」

「おう、そうじゃ。娘は十になっておろう。あいかわらず、こまっしゃくれておるのか」

「ええ、まあ」

子どもたちのことまでよく知っているので、いささか驚かされると同時に、薄気味わるくなってきた。

「のうらく殿はたしか、山田亀左衛門《やまだかめざえもん》さまの配下であったな」

「いかにも」

「ふっ、山田さまはお人好しじゃが、上には毛ほども逆らえぬ小心者。あの方のせいで割を食った者を何人か知っておる。おぬしもそのひとりよ」

不作つづきで諸藩の台所はどこもかしこも火の車、幕府だけが無策のまま安穏《あんのん》と構えているわけにもいかず、諸方面からのつきあげに対処するには、役人減らしなどの施策を講じ、体裁《ていさい》を繕《つくろ》う必要があった。

そうした背景のなか、一年近くまえ、各役所で「不出来能無し」と査定された連中が役人減らしの対象となった。公平とは言えぬ理不尽な施策のあおりを受け、桃之進も北町奉行所へ飛ばされたのだ。

「よりによって、おぬしが町奉行所の与力になろうとはのう。のうらく殿ほど十手《じって》の似合わぬ御仁もおらぬと、みなで腹を抱えて笑うたものよ。で、どうじゃ。そちらの居心地は」

「まあまあでござる」

「ふん、まあまあか」

じつは、そうでもない。

町奉行所の与力は旗本の位では下の下、目見得以下の御家人と大差はない。家禄は三百石から二百石に減らされた。母勝代《かつよ》の裁量で用人には暇《ひま》を出し、使用人は半分に減らし、栗毛《くりげ》の馬も売った。拝領屋敷も九段下《くだんした》の五百坪から八丁堀の二百坪へ移らねばならず、門構えは長屋門から簡素な冠木《かぶき》門に替わり、誰の目からみても格落ちとしか映《うつ》らなかった。

「格落ちとは申せ、町奉行所の与力ともなれば実入りは多かろう。やりようによってはいくらでも美味《うま》い汁が吸える。盆暮れの付けとどけにはじまり、喧嘩《けんか》仲裁《ちゅうさい》や不祥事の揉《も》みけし料、悪所の目こぼし料に袖《そで》の下、何でもござれで蔵が建つとか。勘定所で燻《くすぶ》っておるよりは、よほどましであろうに」

「役得はござらぬ。なにせ、どうでもよいお役目に就いておりますゆえ」

「どうでもよいお役目とは、何であろうな。たとえば、書役とか」

「とんでもない。書役は、お裁《さば》きでなくてはならぬお役目にござる」

「されば、例繰方《れいくりかた》とか」

「いえいえ、判例を熟知した例繰方がおらなんだら、裁きはすすめられませせぬ」

「されば、何じゃろう」

「金公事方《かねくじかた》でござる」

「金公事方、知らぬなあ」

いぼ俣は首を捻《ひね》った。無理もない。表向きは存在しない役目なのだ。

金公事とは、金銀貸借によって生ずる係争のこと。つまり、貸した金を返してほしい連中が起こす訴えのことだった。いつの世にも、借りた金を返さない不届き者は大勢いる。訴えがあまりに多くて煩雑《はんざつ》なために、八代将軍吉宗《よしむね》の御代から町奉行所では金公事いっさいを取りあつかわなくなった。

要するに、お上の手を煩《わずら》わすことなく、自分たちで始末をつけろと突きはなしたわけだが、訴状を預かっておく窓口だけは消えずに残っていた。廃すつもりが忘れてしまい、そのまま据え置かれたというのが真相らしい。

ともあれ、金を返してもらえぬ貸し手は、藁《わら》をもつかむおもいで訴えを起こす。

「御用箱に溜《た》まる訴状は、一日で三十枚近くにもなりましょう」

「ほう」

もちろん、すべての訴えを取りあげる余裕はないし、取りあげろと命じられているわけでもない。訴状は百枚揃《そろ》ったら綴《と》じ、棚の隅に積んでおく。ただし、慣例にしたがって、一日に一枚だけ、運良く日の目をみる申立書があった。

「適当なのを一枚抜き、そこに記された金公事の当事者を呼びつけるのでござる」

「ふうん、適当なのを一枚か」

後日、出頭した双方から事情を聞き、どうにかまるくおさめてやる。それが金公事法度《はっと》を司《つかさど》る者の役目らしきものだった。

「そもそも、無くてもよいお役目ゆえ、書庫蔵の片隅に詰めてござる」

「書庫蔵となそ」

「別棟に配された土蔵でござるよ」

冬は極寒地獄、夏は炎熱地獄。奉行所内でも好んで足をはこぶ者とておらず、芥《あくた》溜《だまり》と呼ばれている。

「芥溜か。辛《つら》いのう。のうらく殿も、それなりに苦労なされておるようじゃ。おぬしも知っていようが、わしは五年前、普請《ふしん》方に転出とあいなった。そののち、向こうでの忠勤ぶりが認められてな、今から半年前、どうしてもと請われ、古巣の勘定方へ戻されたのよ」

「さようでしたか」

「組頭の芽もあったが、家禄で勝る対抗馬が出おっての。あとで恨まれるのも面倒ゆえ、みずから身を引いたのさ。わしを推《お》してくれた上役どのは『すまぬ、こたびは辛抱してくれ』と、畳に両手をつきおった。そこまでされたら、詮方《せんかた》あるまい。出世なんぞより、人と人との結びつきのほうがだいじだ。の、そうであろう」

「まあ、そうですな」

「出る杭は打たれるの喩えどおり、下手に出世を望めば、すべてを失う恐れもある。妻子を路頭に迷わせるわけにもいかぬからな。ふふ、なるたけ目立たぬようにしておるのが、小役人の身過ぎ世過ぎというものさ」

「はあ」

「ふうむ、さようか。のうらく殿は芥溜の住人になられたか。何はともあれ、ご愁《しゅう》傷《しょう》さま」

いぼ俣は喋りまくったあげく、痛々しげに発してみせた。

わるい冗談にしか聞こえない。いずれにしろ、これ以上は関わりを持ちたくない相手だ。

桃之進は愛想笑いを浮かべ、その場から足早に立ち去った。

二

黒渋塗りの厳《いかめ》しげな長屋門を仰《あお》ぎ、桃之進は北町奉行所へ踏みこんだ。

門の内と外では、まるっきり別の世界である。

古刹《こさつ》の山門をくぐったときのように、精神が一瞬にして浄化されるのだ。

半町（約五四メートル）ほどさきの玄関式台までは幅六尺（約一・八メートル）の青石がつづき、周囲には粒の揃った那智黒《なちぐろ》の砂利石が敷きつめられている。毎日通っているにもかかわらず、青い甃《いしだたみ》を歩くといつも身の引きしまるおもいがした。左手には瀧《たき》のような白壁がそそりたち、入念に磨かれた天水桶《てんすいおけ》が山形に積まれている。白壁の向こうは白州、縄目にされた罪人たちは目もくらむようなお上の権威に圧倒され、筵《むしろ》に座らされた途端に観念してしまうという。

ときに白州は、人智を超越した裁きの場となる。裁くのは奉行ではない。おのれ自身だ。罪人はおのれと向きあい、贖罪《しょくざい》の涙を流す。白州には罪深い人間の業《ごう》そのものを無に帰す力があるらしい。

桃之進はしばし足を止め、いつもそんなことを考える。

我に返れば、出仕する役人たちが厳しい顔つきでさきを急いでいた。抜きつ抜かれつしながら、檜《ひのき》の羽目板が張られた玄関へ躍《おど》りこむのだ。

「可哀想に」

競《きそ》いあうことを宿命づけられた連中には、憐《あわ》れみすら感じる。

桃之進は早々に競うことを止めた。止めた途端に気が楽になり、それまでみえなかったこともよくみえるようになった。侍とは何なのか。詰まるところ、それは金食い虫である。刀を差して威張《いば》りくさっているだけで、たいして世の中の役に立っているとはおもえない。米をつくる百姓や家をつくる大工や道具を直す職人のほうが、何十倍もえらい。

などと、くだらぬ想念をめぐらせつつ、桃之進は玄関の敷居をまたいだ。

檜の香りを堪能しながら、ことさらゆっくりと雪駄《せった》を脱ぎはじめる。

「おい、のうらく者」

上がり框《がまち》の真上から、怒ったような声が降ってきた。

びっくりして顔をあげれば、金柑頭《きんかあたま》の与力が仁王立ちしている。

「あ、漆原《うるしばら》さま」

年番方筆頭与力、漆原帯刀《たてわき》。

つい先だって、老中田沼意次《たぬまおきつぐ》の肝煎《きもい》りで颯爽《さっそう》と登場した人物である。

年番方筆頭与力は町奉行所のいわば番頭格、町奉行につぐ権限を持ち、出納《すいとう》から人事の裁量まで握っている。本来は生《は》え抜きが就く重職であったが、前任者は積年の悪事が露見して腹を切らされた。たまには所内の水を換えぬと濁ってしまうとの理由から、漆原が満を持して送りこまれたのだ。

ところがこの男、小納戸役《こなんどやく》の出身ゆえか、小姑《こじゅうと》のようにうるさい。

些細《ささい》な失態でも、きゃんきゃん吠えるので、同心や小者たちのあいだでは「狆《ちん》」と呼ばれている。「狆」が「ちんちん」となり、このごろでは「ちんぽこ」と呼ぶ者まで出てきた。

戯《ざ》れあう相手がいないせいか、桃之進はよく憂《う》さ晴らしに付きあわされる。ほかの連中もそれをわかっているので、横を向いて笑いをこらえていた。

「葛籠桃之進、ちとはなしがある」

「は」

何やら、いつもとちがって深刻な面持《おもも》ちだ。

漆原の背につづいて廊下を渡り、桃之進は寒々しい年番部屋へ身を差しいれた。

上座に腰をおろすなり、ちんぽこ与力は「世相は暗い」と、重々しい口調で吐きすてる。

「浅間山《あさま》は噴火し、岩木山《いわき》も桜島《さくらじま》も噴火した。どこもかしこも噴火につぐ噴火、日の本は隈無《くまな》く灰燼《かいじん》に覆《おお》われ、瞬きのあいだに飢饉《ききん》がひろがった。田畑は枯《か》れ、莚旗《むしろばた》を掲げた者たちは城下に押しよせ、米蔵を毀《こわ》しては略奪を繰りかえしておる。禄を失った陪臣《ばいしん》たちも江戸へどっと雪崩《なだ》れこんできた。人心はみだれ、殺伐《さつばつ》とし、無頼と化す不埒《ふらち》者は増えつづけ、辻斬りや押しこみは後を絶たぬ。町奉行所は猫の手も借りたいほどだが、十手を預かる役人どもはと申せば、はかばかしい働きもみせぬ。葛籠よ、なぜじゃとおもう」

「左様、然《しか》らば……ふうむ、なぜでしょうな」

要は、やる気がないのだ。捕まえても捕まえても悪党は減らず、手柄を立てたところで、誰からも褒《ほ》められない。出世も望めず、金一封すら出ない。となれば、誰しもが危うい行為は避け、たとい穀盗人《ごくぬすっと》と非難されようが、何もせずに安閑と構えているほうが賢いと考えるようになる。

こたえは明白だが、桃之進はわからぬふりをした。

「御奉行ばかりか、幕閣の御歴々も案じておられる。今のような体《てい》たらくで、はたして、江戸の治安を守ることができるのかとな」

「ご懸念、ごもっともにござります」

「困ったものじゃ。俸給が安いともおもえぬのだが」

「およよ、そうでござるか」

「俸給ではなく、覚悟をあらためるべきであろう。お上への忠誠、これを今一度徹底させねばなるまい。かというて、いかな伯楽《はくらく》でも、海千山千の者どもを御するのは容易ではない。何ぞ、良い知恵はないものかのう」

「ふうむ。拙者《せっしゃ》に聞かれても、しかと存ぜませぬが」

「腑抜けめ」

くわっと、漆原は眸子《まなこ》を吊りあげた。

「左様然らばごもっとも、そうでござるか、しかと存ぜぬ。それしか言えぬのか。ふん、おぬしに聞いたのがまちがいであったわ」

「ごもっとも」

「けっ、負け犬根性が身につきおって。よいか、安閑《あんかん》と構えていられるのも今のうちぞ」

「と、申されますと」

「御奉行より、所内の役目全般を見直してみよとのご指示があった。今や、お役所の台所はどこもかしこも火の車、町奉行所も例外とはなり得ぬ。切りつめるところは切りつめねばならぬ。いるものといらぬものを仕分け、いらぬものはどんどん切り捨てていかねばならぬのよ」

「金公事方を切り捨てると仰せですか」

「まずは、切り捨てるべき筆頭であろうな」

「それはいけませぬ」

「ほう、反論するとはめずらしい」

「無用の用という老荘《ろうそう》の教えもござります。地べたにしても、人が足を置く余地だけで足りるということはござりますまい。足を置いた地べたのみを残し、あとはすべて奈落《ならく》の底まで掘りさげたとして、足下の地べたが何の役に立ちましょう。無用にみえるものでも、じつは用の足しになる。地べたのはなしは、そのことの一例にござります」

「うほっ、のうらく者が説教しおった。そのはなし、唐本の受け売りであろうが」

「ばれましたか」

「ともかく、覚悟しておくことじゃ」

「お待ちを。金公事方が無くなったら、拙者やふたりの配下はどうなります」

「転出じゃ。甲府《こうふ》勤番にでも推挙しておくか」

「それだけは、ご勘弁を」

「されば、御役御免にするしかあるまい。役立たずどもを養っておくだけの余裕はないからな」

さきほどから聞いていると、いつものような歯切れの良さがない。何らかの意図があって発言しているような気もする。

「昨日、若年寄の田沼山城守《やましろのかみ》さまが身罷《みまか》られた。世直し大明神と崇《あが》められた佐野善《さのぜん》左衛門《ざえもん》は、切腹を免《まぬか》れまい」

山城守とは、田沼意次の嗣子意知《おきとも》のことだ。異例の出世を遂げて我が世の春を謳歌《おうか》していたが、殿中にて私怨から新番士の佐野善左衛門に斬りつけられた。そのときの傷がもとで死んだのである。

意知の死は、田沼治世の翳《かげ》りを象徴する出来事でもあった。

とはいうものの、金がものを言う世の中であることに変わりはない。

漆原帯刀にしても、たなぼたで与えられた地位を守るべく、せっせと意次に献金しなければならない苦しい立場にあるようだった。

「出世するのも金次第、金さえあれば地位も名誉も贅沢《ぜいたく》もまとめて手にはいる。金さえあれば、少々の悪事をはたらいても文句は言われぬ。悪党が罰せられもせず、のうのうと大手を振って生きていけるのさ。頑《かたく》なに正義を振りかざしても、損をするのは目にみえておる。世渡り上手はよいおもいをし、生き方に不器用な者は隅へ追いやられる。よいか、おぬしら金公事方が生きのびる術《すべ》はただひとつじゃ」

要するに、袖の下を工面せよと、ちんぽこは暗に要求しているのだ。

「されど、金公事蔵にあるのは埃《ほこり》のかぶった訴状の束ばかり。しぼったところで鼻血も出ませぬが」

「阿呆。鼻血ではなく、智恵をしぼるのじゃ。金公事で呼びだす貸し方は、たいてい性悪《しょうわる》な小金持ちばかりであろう。そやつらの裏を調べ、蓄財を根こそぎ奪ってやれ」

「蓄財を根こそぎですか。いったい、どうやって」

「何ぞ、やましいことがあれば、それをネタに脅しあげるとか、智恵をしぼれば、やり方はいくらでも出てこようが。おっと、誤解いたすでないぞ。これも、奉行所本来の役割を円滑に執《と》りおこのうための手管《てくだ》なのじゃ。何も、わしが私腹を肥やすわけではない。わかったな。葛籠よ、金公事蔵が金生みの蔵であることを証明してみせよ。さすれば、おぬしらも役立たずの無用者ではなくなる」

「はあ」

と、生返事はしたものの、どうにも納得がいかなかった。

生き方に関していえば、桃之進ほど無器用な男もいない。

出世の道は外れても、詮《せん》無いことだとあきらめはついた。

しかし、誰かを騙してまで金を搾《しぼ》りとるのは気が引ける。

性に合わぬし、面倒臭い。

いっそ、仕分けてもらおうかともおもう。

左遷の典型とされる甲府勤番に移されても、路頭に迷うわけではない。

江戸に残された家族も、どうにか仕送りで食いつないでいけるだろう。

ただし、体面を気にする母の勝代だけは、般若《はんにゃ》と化すにちがいない。

それは困る。

ここはひとつ、理不尽な要求を呑まねばなるまいか。

「用件は仕舞いじゃ。去るがよい。ほれ、行かぬか。のうらく者め」

ちんぽこ与力から犬のように追いたてられ、桃之進は重い足を引きずった。

三

蔵のなかは黴《かび》臭い。

芥溜とはよく言ったものだ。

小窓は天井の近くにひとつしかなく、漏れいる一条の光に照らされ、三つの小机が火鉢を囲むように置かれていた。

そのうちのふたつに、うだつのあがらぬ同心どもが座っている。

夏の火鉢同様、奉行所にとっては無用な連中だった。

「おはようございます」

快活に挨拶《あいさつ》をしてみせる狸《たぬき》顔は安島左内《やすじまさない》、口八丁のお調子者である。

一方、ぴくりとも反応をしめさぬ馬面《づら》は馬淵斧次郎《まぶちおのじろう》、魚のように目を開けて眠る特技を持っていた。

ふたりとも三十代なかばの働き盛り、妻子を抱えているにもかかわらず、働く意欲はまったく感じられない。公儀への忠誠や奉仕の精神は欠片《かけら》も持ちあわせず、のらく者の目でみても「てんでだめなやつら」だった。

今日もまた、退屈な一日がはじまる。

ふわっと、桃之進は欠伸《あくび》をした。

「お、のどちんこがみえますぞ」

安島に軽口を叩かれても、まったく気にならない。

そもそも、あってもなくてもどちらでもよい役目なのだ。

金公事蔵で不都合が生じても、外にたいしては何の影響も与えない。誰に迷惑が掛かるでもなし、見咎《とが》める上役もいないので、叱りつけても意味はない。むしろ、余計なことはせず、長い一日を無難に過ごし、扶持《ふち》米だけはきっちり頂戴するほうが利口というものだ。

安島は、講釈師のようなだみ声で自嘲《じちょう》する。

「金公事蔵の住人は出世とは無縁の落ちこぼれ、意気地もなければ覇気もない。目立たぬようにつつがなく、のらりくらりと役目をこなす。それこそが、宮仕えの手管にございましょう。葛籠さまの座右の銘、君子危うきに近寄らずとは、至極《しごく》名言にござります」

「ところが、そうも言っていられなくなった」

「はて」

「じつは、ちんぽこに目をつけられてな」

年番部屋での経緯を教えてやると、安島は不敵な笑みを浮かべた。

「蓄財を根こそぎとはまいりませぬが、ちょうどよいのがござります。これを」

訴状を一枚手に取り、うやうやしく差しだす。

いつもとかわりばえのない訴状には、貸借に関わる双方の名と借りた金額および返済期限が列記され、中立理由の欄には「借り手に返済の意志なし」とのみ記されてあった。

「本日、双方を呼びだしておりますゆえ、今しばらくのお待ちを」

洲走《すばし》りと異名をとる岡っ引きの甚吉《じんきち》が貸し手と借り手を捜しあて、すでに、呼びだしを掛けているという。安島にしては、ずいぶん手まわしのよいことだ。

「そつのない甚吉のこと。借り手も逃げずにやってまいりましょう」

蔵へ移ってきた当初は、借り手が出頭するかどうかは賭けのようなものだとおもっていた。ところが、そうでもないことがわかった。

甚吉は脅したり賺《すか》したりしながら、借り手を説得する。仕舞いに耳許で、逃げたら獄門台に送ってやると囁《ささや》いてやれば、たいていの者は出頭期限の三日目になって、死人のような面でやってきた。

双方が揃うと、肝心の裁きは蔵ではなく、狭苦しい隣部屋でおこなわれる。

窓の無い仕切り部屋なので、長く留まっていると息が詰まる。できるだけ短く切りあげ、揉め事を持ちこませぬようにしなければならない。

そこで、安島の出番となる。

借り手が金を返せると踏んだら、いくらでもいいから返してもらえと、貸し手にたいして事前に持ちかけておくのだ。

鐚《びた》一文手にできず、泣き寝入りするよりはまし。貸したほうにも騙された落ち度はあるし、欲得ずくで高い利子を吹っかけた負い目もある。内済に応じればすべて不問にしようと諭《さと》せば、ほとんどの貸し手は渋々ながらも応じ、半額程度の返済で落ちつく。

あっぱれ、半金戻しの涙裁き。三方一両損の大岡《おおおか》裁きにも匹敵《ひってき》すると、安島は鼻息も荒く大見得を切り、おのれの手管を自画自賛する。涙裁きの涙とは貸し手の流した悔《くや》し涙のことだが、ともあれ、金公事を上手に裁いてやれば、申立人からいくばくかの謝礼を受けとることもできた。

薄給の平役人が生きのびるためには、その程度の小遣い稼ぎも許されよう。ただし、貸し手の蓄財を根こそぎ奪うとなると、はなしはちがってくる。

安島に手渡された訴状には、貸し手の欄に女の名が記されてあった。

「長谷川《はせがわ》奈津《なつ》、湯島《ゆしま》の後家貸しにござります。そもそもは、四百石取りのお旗本のご細君だったそうで、事情《わけ》あって五年前に夫を亡くしたのち、しばらくは息をひそめておりましたが、三年ほどまえから後家貸しをやるようになったとか」

「鑑札《かんさつ》は」

「ござります」

官許の後家貸しである。侍の夫を亡くし、遺産を相続した後家については、救済の手管として、一定の利率での金貸し業が許されていた。そのこと自体はめずらしいことはないが、体面を気にする元旗本の細君が金公事に訴えるのは稀《まれ》にもないことだ。

「よほど腹に据えかねた事情でもあるのかな」

「そうかもしれません」

「どっちにしろ、後家の遺産を狙うわけにはいくまい」

「されど、不正な手で遺された財産だったとしたら、どうなされます。お上の名において没収しても、何らやましいことはござりますまい」

「不正な手とは、どういうことだ」

「着目すべきは、五年前、夫の長谷川蔵人《くらんど》が亡くなった事情でござります。のう、馬淵氏《うじ》」

安島に水を向けられ、馬淵は気怠《けだる》そうに欠伸を噛《か》みころす。

「腹を切ったのでござるよ」

「なに」

「亡き夫の名が古い裁許帳《さいきよちよう》に載っておりました。たまさか、それをみつけちまって」

馬淵は申し訳なさそうに、さきをつづけた。

裁許帳によれば、長谷川蔵人は勘定所の役人であった。酒乱の癖《へき》があり、湯島で茶屋を営《いとな》む男を撲《なぐ》って怪我《けが》を負わせ、町奉行所の世話になったのだ。

だが、馬淵は裁許帳に載っていないことを調べていた。

「長谷川蔵人は喧嘩沙汰《けんかざた》のしばらくのち、印判偽造ならびに公金横領の罪に問われております。のちの調べで潔白は証明されたものの、謂《いわ》れなき訴えに憤《いきどお》り、身の潔白を晴らすべく、腹を切ってみせたのだとか」

「よくぞ、そこまで調べたな」

「ええ、暇だったもので」

馬淵は鬢《びん》を掻き、探るような眼差しを向ける。

「五年前と申せば、葛籠さまも勘定所におられたはずですな。長谷川蔵人という名に聞きおぼえはございませぬか」

「ないな」

拠所《よんどころ》ない事情で腹を切った平役人があったような気もするが、さだかな記憶ではない。

「さようですか」

「すまぬ」

「何も、葛籠さまが謝ることはありますまい」

「まあ、そうだな。馬淵よ、つづけてくれ」

「は」

横領の疑いは晴れたものの、短慮にも腹を切ったことが不届きとされ、長谷川家は断絶の憂き目をみた。双親《ふたおや》も嗣子もおらず、ひとり遺された細君が、のちに高利貸しをはじめたのだという。

「ふつうに考えれば、路頭に迷うしかない後家が金貸しをはじめた。いったい、元手はどこから捻出できたのかとの懸念《けねん》は、誰しもが持とうというもの」

馬淵の説明を、安島が引きとった。

「公金横領は事実であったやもしれぬ。それを、細君の奈津だけは知っていた。長谷川蔵人は罪の意識に耐えきれず、腹を切ったのではあるまいか。ほとぼりがさめるのを待って鑑札を取り、隠しもっていた盗み金を元手に金貸しをはじめた。そうであったとすれば、黙って見過ごす手はござりませぬ」

「邪推の域を出ぬな」

桃之進に突きはなされても、安島は怯《ひる》まない。

「会って糺《ただ》せば、わかりますよ」

「されど、おぬしの言ったとおりなら、面倒なことになるぞ」

「ふふ、五年も経っております。そのあいだ見過ごしていた役人の怠慢《たいまん》を指摘されれば、町奉行所の体面にも傷がつく。上に報告いたせば、内々に済ませよ、ということになりましょう。それを先取りするだけのはなしでござる」

「先取りとは」

「罪は不問にし、鑑札も取りあげぬ。そのかわり、身代の半分を上納せよと持ちかけるのです。そのうちのいくらかを、ちんぽこめに差しだす。残りは、三人で山分けする。いかがです。良い手にござりましょう。のほほ、のほほ」

笑いつづける安島のそばへ音もなく近づき、桃之進は平手で蒼剃《あおぞ》りの月代をぺしゃっと叩いた。

「痛っ、何をなされます」

「たわけめ。寝惚けておってもよいが、どろぼうだけは許さぬぞ」

柄にもなく見得を切ってみせると、叩かれた安島も馬淵も啞然とした。

と、そのとき。

蔵の外から、奉行所とはそぐわぬ芳《かぐわ》しい香りが迷いこんできた。

四

すがたをみせたのは、黒い江戸褄《づま》を羽織った三十路《みそじ》年増であった。

艶《つや》めいた燈籠鬢《とうろうびん》に鼈甲《べっこう》の櫛簪《くしかんざし》を挿《さ》し、面窶《おもやつ》れした顔を隠すためか、白粉《おしろい》を厚めに塗っている。武家の女というよりも、辰巳《たつみ》芸者のような色気すら感じられ、安島などはおもわず目尻をさげたほどだった。

さっそく隣部屋へ招いたが、肝心の借り手が来ないことには何もはじまらない。

借り手は、岡っ引きの甚吉が連れてくることになっていた。

裁きに立ちあうのは桃之進と安島で、馬淵は蔵で舟を漕《こ》いでいる。

「まあ、そこに座りなさい」

安島に促《うなが》され、女は丁寧にお辞儀をしてから膝をたたんだ。

切れ長の目を伏せ、口をしっかり結んでいる。

「拙者《せっしゃ》は掛かりの安島左内、こちらは裁きを司る与力の葛籠桃之進さまじゃ。借り手が来るまで、二、三聞いておこうか」

問いただすのは、安島の役目だ。

「姓名は長谷川奈津、湯島妻恋《つまごい》町の裏店《うらだな》にて後家貸しを営んでいる旨、相違ないか」

「相違ございませぬ」

「貸し金の元本は八両、年利は一割五分。三月《みつき》の期限は疾《と》うに過ぎておる。五つ月ぶんの利息もふくめて、返してほしい金額は八両八朱というわけだな」

「さようにござります」

「貸し金は質物《しちもつ》を取らぬ素金《すがね》のようだが、誰にたいしてもそうなのか」

「いいえ。職人ならば道具箱、お店者《たなもの》なら請人《うけにん》状、土地持ち家作持ちなら沽券《こけん》状、お侍相手のときはお刀をお預かりいたします」

「されど、こたびは質物を取らなんだ。理由は」

「預かるものは、何ひとつございませんでした」

「相手は浪人者であろう。刀を持たなんだのか」

「竹光にございました」

「竹光侍に八両も貸したのか。なぜだ」

「脅《おど》されました。亡き夫の罪状を白日のもとに晒《さら》すと、脅されたのでございます」

「何だと」

安島は顎《あご》を突きだし、すぐに冷静さを取りもどす。

「貸した相手は、従前からの知りあいか」

「わたくしは存じません。亡き夫の同僚とかで、なるほど、夫のことはよくご存じでした」

「詳しく聞かせてもらえまいか」

「はい。何もかもおはなしする覚悟を決め、恥を忍んでまいりました」

奈津は顔をあげ、長谷川蔵人が切腹した経緯を生々しく語った。

よくよく聞いてみれば、横領を疑われたのは十両や二十両の小金ではなかった。千二百両にものぼる公金が幕府の御金蔵から引きだされ、どこかへ煙と消えてしまったのだ。

遣り口は巧妙で、道普請《ぶしん》や土手普請に関わる費用を捻出すべく、何者かによって架空の出金手形が作成されていた。出金手形には、勘定組頭の公印と勘定吟味《ぎんみ》役の書判が必要となる。下手人はふたつの印判を偽造して書面を何枚か作成し、それを勘定奉行の堆《うずたか》く積みあげられた決裁状のなかに紛れこませ、奉行の判を押させたうえで、まんまと公金を引きだしたのだ。

同僚の訴えから、長谷川蔵人が疑われた。

上役の組頭から厳しく詮議された晩、蔵人は自棄《やけ》酒を呷《あお》ったあげく、自邸の寝所で腹を真一文字に掻《か》っきった。

「すまぬ、すまぬと、夫は泣きながらそれだけを繰りかえし……武士らしい最期とはほど遠いものでござりました」

どうにか喋りきった奈津にたいし、安島は核心に迫った。

「夫の死後、貸し金を生業《なりわい》にする際、元手はどうやって捻《ひね》りだしたのだ」

「組頭であられた鮫島外記《さめしまげき》さまが、組のみなさまからお集めになった香典だと仰《おっしゃ》り、ひそかに五十両もの大金をお渡しくだされました。そのお金を元手に細々とはじめたのでございます」

　奈津は説明しながら、ぽろぽろ泣きだす。

　商いをはじめるにしても、さまざまな経験を積まねばならず、そのためには一定の期間が必要だった。聞けば、金貸しの手管を一から教えてもらうべく、高利貸しを営む座頭に身を売ったこともあったという。

「なるほど、そうまでせねば金貸しで儲《もう》けることなど、どだい無理なはなしであったろうな」

　安島はえらく感じいり、貰《もら》い泣きまでしている。

　桃之進は溜息を吐き、問いただす役にまわった。

「借り手は亡き夫の罪状を白日のもとに晒すと言い、そなたを脅したと申したな。罪状とは公金横領のことか」

「い、いいえ。偽手形の作成にございます。猪俣《いのまた》さまは、そう仰いました。どなたかの命を受け、亡き夫とご自身が偽の出金手形を三枚作成させられたと」

　奈津の口から「猪俣」という名が出たので、桃之進はあらためて借り手の欄に目をやった。

「猪俣軍兵衛か」

どこかで聞いたことのある名だが、すぐには思い出せない。

奈津は目を伏せ、おどおどした口調で喋りつづけている。

「命じた者の名はお教えいただけませんでしたが、猪俣さまは夫ともども、命じられて仕方なくやったことだと仰いました」

上の命を断れば、出世の望みはなくなる。それどころか、命《いのち》さえ危うくなるかもしれない。崖《がけ》っぷちに追いつめられ、やらざるを得なかった。

「されど、悪事に手を染めたのは紛《まぎ》れもない事実、一生の不覚だったと悔《く》やんでいるとも仰り、猪俣さまは号泣なされたのでござります」

「泣かれて信じたわけか」

「偽手形に使用された印判と偽手形の写しをみせられました。手形に書かれた文字は紛れもなく、夫の筆跡でした。それゆえ、猪俣さまのおはなしを信じたのでござります……うう」

奈津は嗚咽《おえつ》を漏らしはじめた。

しばらく待って落ちついたところで、桃之進は問うた。

「猪俣軍兵衛は長谷川蔵人の罪状をあきらかにしてみせ、おぬしに八両の借金を申しいれたのだな」

「は、はい。ほんとうは、夫が横領したなどと告げ口した者はおらず、夫は罪の意識に耐えかねて切腹したのだと仰いました。なるほど、言われてみれば、告げ口したご朋輩《ほうばい》の名は聞いたおぼえがございません。それに、猪俣さまも亡き夫も悪事に荷担することで、いくばくかのお金を貰っていたそうです」

長谷川蔵人は奈津に隠れ、駒込白山《こまごめはくさん》に若い妾《めかけ》を囲っていた。やましい金はすべて、妾に貢いでいたという。

「そうしたこともすべて白日のもとに晒せば、夫の名誉は深く傷ついてしまう。わたしはそうおもい、金轡《かなぐつわ》を塡《は》めるつもりで八両をお貸ししました」

「なるほど。いちおう、筋は通っておるようだな」

「本日、猪俣さまは公事の場へ来られますまい」

「ならば、なぜ、金公事に訴えたのだ」

「申し訳ございません。どなたかにおはなしを聞いてほしかったのです。ひとりで抱えているには重すぎて、耐えられませんでした。かといって、周囲にはなしを聞いてくださる方もおりません。いっそ、公の場ですべてを告白し、夫の犯した罪を懺悔《ざんげ》することで少しでも身を軽くしたかった。身勝手なわたくしめを、どうか、お許しください……うう」

「おい、泣くのはやめてくれ」

「は、はい」

「今語った内容が事実ならば、ちと困ったことになるぞ。そなたとて、何らかの罪は免れまい」

「承知しております。亡き夫とは一蓮托生《いちれんたくしょう》、夫の犯した罪はわたくしの犯した罪も同じ、どのようなお裁きでもお受けする所存でまいりました」

「心懸けは立派だがな」

とんでもない厄介《やっかい》事を持ちこんでくれたものだ。

「さあて、どうするか」

腕組みしたところへ、何者かの気配が近づいてきた。

「こんにちは」

しゃくれた顔をみせたのは、岡っ引きの甚吉である。

「こいつはどうも、遅くなっちまって。借り手をお連れいたしやした」

「え」

桃之進も安島も、泣いていたはずの奈津も、驚いた顔で甚吉を見上げた。

「あれれ、いってえ、どうしたってんです」

「まことに、借り手を連れてきたのか」

「へい。このとおり」

促されて登場した男の顔をみて、桃之進《の》は仰けぞった。

「い、いぼ俣軍兵衛」

「うほほ、さきほどはどうも」

朗《ほが》らかに笑う月代侍は、あきらかに、出仕途上で声を掛けてきた男にほかならなかった。

五

いぼ俣こと猪俣軍兵衛は踏みこんでくるなり、手に提《さ》げた手拭いの包みを解いた。

「ほれよ」

陽気な掛け声とともに、さまざまな形状の貨幣が畳にばらまかれる。

山吹色の小判は二枚しかない。金銀の小粒も何枚かふくまれていたが、残りは不定形の丁銀や豆板銀、穴の開いた四文銭などだった。

「ぜんぶで四両と少しある。すまぬが、これ以上は鼻血も出ぬ。奈津どの、これで勘弁してもらえぬだろうか」

本来は安島が口に出すべき台詞《せりふ》を先取りし、猪俣はどっかと腰をおろす。

今朝ほどと同様、筋目の通った黒羽織を纏《まと》い、月代もきれいに剃っているので、一見すると浪人にはみえない。

奈津は呆気にとられ、声を出すのも忘れている。

桃之進は頭を混乱させたまま、金を数える安島に目をやった。

これはいったい、どうしたことだ。

勘定方に戻された元同僚がじつは職無しの浪人で、後家を脅して借金を申しこむほど窮乏していた。しかも、五年前の横領に関わっていた疑いもある。偽手形を作成したことが事実なら、縄目にして獄門台に送らねばならぬ罪人なのだ。

こちらの逡巡《しゅんじゅん》を見抜いたかのように、猪俣はうそぶいた。

「ぬはは、これで貸し手が納得すれば一件落着というわけだな」

ひとりで納得し、勝手にはなしをすすめていく。

「奈津どの、いかがであろう。今日のところは、半金返しでお許し願えぬか。無論、残りはできるだけ早めにお返しいたす。の、こたびはそれで勘弁してくれ。このとおりだ」

猪俣は両手をばっと畳につき、土下座をしてみせる。

奈津は勢いに呑まれ、こっくり頷いた。

「よろしゅうございます」

「なに」

発したのは、安島だ。

「さきほど、告白なされた件はどうなさる。偽の印判と偽手形の写しまでみせられたのであろう」

「え、それは」

と言いかけた奈津のことばを遮《さえぎ》り、猪俣が横から口を挟んだ。

「あ、いや、お待ちあれ。拙者は五年前、十年近く勤めた幕府勘定方を辞し、浪々の身となり申した。まずは、拙者の身の上をお聞きくださらぬか」

「ま、どうぞ」

「かたじけない。されば」

役所を辞めてから、楊枝《ようじ》削りに虫籠作り、扇《おうぎ》の絵付けに傘張りと、内職と名の付くものは何でも挑戦してみたものの、手先が不器用なうえに絵心もなく、何ひとつものにならなかった。金貸しの用心棒をやろうにも、さほどの腕もない。どうにかできたのは、銭湯の罐焚《かまた》きと辻講釈くらいのもので、恥をしのんで挑んだところで、口を糊《のり》するだけの稼ぎにはならぬ。

「詮方なく、むかしの伝手《つて》をたどって金を借りまくった。踏みたおしては借り、借りては踏みたおし、仕舞いには物乞いも同然になった。いよいよ進退窮《きわ》まって、食うものにも事欠く始末、三日三晩、水だけで過ごしておったとき、ふと、おもいだして足をはこんださきが、奈津どののところであった」

腹を切った元同僚の後家が湯島妻恋町で金貸しをしていると、風の噂《うわさ》で聞いたことがあったのだという。

「腰にあるのは竹光。質物になるようなものはない。にもかかわらず、金を貸してくれでは、門前払いになるだけだ。そこで、わしは一計を案じ、長谷川どのが切腹を決するまでの経緯をはなしてやった。横領の片棒を担いだなどと嘘を吐き、世間に知られたくなかったら金を出せと、奈津どのを脅しあげたのだ。すまぬ。死ぬほど腹が減っておってな、背に腹はかえられんかった」

啞然とする奈津にかわって、安島が問いただす。

「すべては作り話であったと仰せか」

「いかにも。魔が差したのだ」

猪俣は畳に手をついたまま、奈津に向きなおる。

「奈津どの、そっちの狸顔が言ったとおり、あれはみな作り話であった。長谷川どのは悪事などはたらいておらぬ。あらぬ疑いを掛けられ、潔白の証しを立てるために潔く切腹なされたのじゃ。名誉ある死であった。すまぬ。わしは死者を穢《けが》すようなことをした。堪忍してくれ。ひもじさに勝てなんだ哀れな男を、どうか、お許しくだされ」

ここまで謝りたおされたら、抗《あらが》う気力も萎《な》えてしまうだろう。

奈津は憑《つ》き物が落ちたような顔で、しっかりと応じてみせる。

「心の重荷が解けました。猪俣さま、おおやけの場で正直に仰っていただき、ありがとう存じます」

「お、ほほ、お許しくださるか。奈津どの、そなたは菩薩《ぼさつ》じゃ。普賢《ふげん》菩薩じゃ」

「まあ、大袈裟な。うふふ」

袖で口を隠して笑う後家をみつめ、桃之進は不思議な心持ちになった。

軽薄だが、憎めぬ男。何となく説得され、許してしまいたくなる男。それが、猪俣軍兵衛であった。

金を数えおえた安島が、困った顔で覗《のぞ》きこんできた。

「葛籠さま。お聞きのとおり、貸し手は半金返しで納得しておりますが、いかがいたしましょう」

「これ以上、何をせよと申す」

「は。されば、これにて一件落着ということで、よろしゅうございますね」

「詮方あるまい」

桃之進はぼそっとこぼし、渋い顔で押し黙る。

もはや、一刻も早く、猪俣軍兵衛との関わりを断ちたかった。

六

沈んだ気分で夕刻まで過ごし、奉行所の門から外へ一歩出たところで、ぎょっとした。

夕陽を浴びて全身を朱に染めながら、猪俣軍兵衛が佇《たたず》んでいる。

「よう、待っておったぞ」

「半日もか」

「ああ、待つことには慣れておる。どうせ、やることもないしな。どうだ、一杯つきあわぬか」

げんなりとしつつも、拒《こば》めなかった。うらぶれた男の苦労話を聞きたいともおもわなかったが、同情を禁じ得なかったからだ。薄情なやつだとおもわれるのも厭《いや》だし、ここで拒むような男になりたくはなかった。

猪俣はどんどんさきへ進み、稲荷新道、木原店《きはらだな》と抜け、左内町の露地裏から新場へ向かった。

八丁堀とのあいだに流れる楓《もみじ》川沿いには、沖仲仕《おきなかし》相手の一膳飯屋がいくつか並んでいる。煤《すす》けた提灯《ちょうちん》に『めし』と書かれた見世の暖簾《のれん》を振りわけると、焼き魚の煙がもわっと顔にかかってきた。

早い時刻のせいか、客はむさ苦しい浪人がひとりと船頭らしき連中しかいない。衝立《ついたて》で仕切られた床几《しょうぎ》に座を占めると、胡麻《ごま》塩頭の無愛想な親爺がやってきた。

「熱燗《あつかん》はねえよ。冷やで我慢しな」

「上等だ。一升徳利《とっくり》を出してくれ」

「あいよ」

どうやら、何度か来たことのある見世らしい。

「ツケがたまっちまってな、親爺もよい顔をせぬのよ」

「さようか」

 桃之進はそっけなく応じ、刀を鞘ごと抜いて座った。

「ひょっとして、そいつは孫六兼元《まごろくかねもと》かい」

「ん、どうしてそれを」

「ご母堂に自慢されたのよ」

猪俣は垂涎《すいぜん》の面持ちで、黒鞘に納められた孫六をみつめる。

「先祖伝来の逸品らしいな」

「ふむ、本阿弥《ほんあみ》家の目録付きだ。葛籠家の家宝さ」

余計なことを口走り、しまったと後悔する。

「ちと、みせてくれぬか。なあに、ほんの少しでよい」

「かまわぬがな」

鷹揚《おうよう》にかまえ、鞘ごと渡してやる。

猪俣はうやうやしく手に取り、ずらりと刀を抜いた。

「ほう」

舐《な》めるようにみつめ、うっとりとした顔を刃に映しだす。

「刃文は三本杉だな。ふうむ、これが孫六か。手入れも、よう行き届いておる。おぬし、この刀で人を斬ったことがあるか」

猪俣は狂気じみた眸子《まなこ》を光らせ、どきりとするような台詞を吐く。

桃之進は動揺を悟られぬように、平然と応じた。

「まさか、あるわけもなかろう」

「そうよな。のうらく者のおぬしに、人は斬れぬ」

「なぜ、そのようなことを聞く」

「ご母堂が自慢なされたのは、孫六だけではなかった。おぬしは若い時分、剣術修行に明け暮れておったそうではないか。三十を過ぎてからはその片鱗もなくなったが、かつては御前試合に出るほどの腕前であったとか。されどな、わしは信じぬぞ。おぬしのような腑抜けが御前試合に出るほどの遣い手だったとは、天地がひっくり返っても信じることはできぬ」

「力むなよ。いかにも、そのとおりだ」

「うほほ、やはりな。ご母堂は嘘を吐いてまで、おぬしを勇ましい武士とおもわせたかったのであろう。ともあれ、宝の持ち腐れじゃ。この孫六、わしに預けぬか」

「え」

「質草にすれば、三両にはなろう。ぬひょ、冗談じゃ、冗談。恐い顔をいたすな」

親爺がやってきて、一升徳利とぐい呑みを置いていった。

猪俣は嬉しそうに徳利を抱え、上手に酒を注いでくれる。

「さあ、呑もうではないか」

「ふむ」

おたがいに注ぎあい、ぐい呑みをかたむけた。

安酒がのどを通り、小腸《ひゃくしろ》に滲みわたっていく。

「さあて、何からはなすべきか。まずは、奈津どのに返した四両余りの金じゃが、あれはやましい金ではないぞ。元同僚の妻女に借りた金ゆえ、石に齧《かじ》りついてでも返さねばならぬ。そうおもうてな、切りつめてせっせと貯めた金が二両と少しあった」

「あとの二両は」

「鴉金《からすがね》だ。天神《てんじん》の岩吉《いわきち》とか申す湯島の高利貸しに借りた」

「鴉金ならば、今日中に返さねばなるまい」

「ふん、返すかよ」

「簀巻《すま》きにされて、大川へどぼんだぞ」

「逃げおおせてやるさ。高利貸しなんぞに舐められてたまるか」

「なら、勝手にするがいい」

桃之進は二杯目を呷《あお》り、ふうっと溜息を吐いた。

ここはひとつ、少々きつい問いを投げかけねばなるまい。

「おぬしのはなしは、どこまでが真実かわからぬ。そもそも、勘定所でおぬしと面識があったかどうかすら、おぼつかぬのだ」

「およよ、わしをおぼえておらぬと申すのか」

「すまぬが、しかとはおぼえておらぬ」

「なあんだ。そうだったのか」

猪俣はぐい呑みを舐め、淋《さび》しげに笑みを浮かべた。

「五年ぽっちで、忘れてしまうものかのう。もっとも、おぬしとは組もちがったし、さほど親しい仲でもなかった。わしの組で横領が発覚し、大騒ぎになったとき、勘定所のなかで、ひとりだけ関心を向けず、泰然《たいぜん》と構えておる者がおった。それがおぬしよ。聞けば、のうらく者と綽名された外され者だった。ほう、わしよりも幸の薄そうな男がいる。外され者同士、傷を舐めあおうとおもうてな、それで、おぬしに近づいたのよ」

うろおぼえの記憶が、はっきりとした色彩を帯びてきた。

――いぼ俣じゃ。猪俣軍兵衛。

見知らぬ男はたしかに、五年前もそう名乗った。

「おぬしはいつも、飄々《ひょうひょう》としておった。わしを適当にあしらい、かといって毛嫌いもせず、そばに置いてくれた。流れる雲を眺めて人生を語り、海釣りが好きだと告げたら、翌日、自分でつくった継ぎ竿を持ってきてくれた。わしは嬉しくてな、おぬしとなら馬が合うかもしれぬと期待した。されど、ほどなくして、役所勤めを辞めた。お察しのとおり、普請方に転出し、そののち、請われて勘定所に戻されたというはなしは嘘っぱちだ。わしは五年前に幕臣であることを辞め、妻子とも縁を切った」

「妻子との縁まで。なぜ」

「命が危ういと察した。妻子に災厄がおよぶのを恐れたのだ」

長谷川蔵人が切腹したのち、悩んだすえに決めたことだという。

桃之進はぐい呑みをかたむけ、渇《かわ》いたのどに酒を流しこんだ。

「やはり、後家に語ったはなしは真実であったか」

「わかっておったのか」

「見当はついた。死ぬほど腹が減った男に、嘘など吐けるものではない」

「わしを罪人と承知しておきながら、おぬしは裁こうとしなかった。なぜだ、なぜ、見逃したのだ」

「見逃したわけではないさ」

「ほほう。なら、どうする。縄を掛けるか。なるほど、おぬしも町奉行所の与力だ。罪人を面前にして、平常心ではいられまい」

ぴんと、空気が張りつめた。

孫六はまだ、猪俣の手許にある。

殺気が膨《ふく》らんだところへ、親爺が音もなくやってきた。

「ほれ、肴《さかな》だよ」

ことりと置かれた平皿には、棒鱈《ぼうだら》が盛られている。

「おほ、これこれ。見世は小汚いが、肴はけっこういけるぞ」

猪俣が大口をあけて嗤《わら》ったので、桃之進は拍子抜けしてしまう。

「奈津どのには、すまなんだとおもうておる。ひもじくてな、どうにも我慢できず、あんなことをしてしまった。されど、まさか、奈津どのが金公事に訴えるとはおもわなんだ」

「事の真相を、誰かに聞いてほしかったそうだ」

「さようか。可哀想に」

「おぬしが蒔《ま》いたタネであろうが」

「そうよ。酷なはなしを聞かせてしもうた。ことに、蔵人どのが妾を囲っていたはなしなどはな。長谷川家の檀那《だんな》寺は円満《えんまん》寺というてな、寺の名にあやかってか、代々、夫婦仲が良いことで知られておった。蔵人どのと奈津どのもそうだ。周囲が羨《うらや》むほど、仲睦《むつ》まじい夫婦であったわ」

ほんとうは公事に来たくなかったし、来る気もなかったと、猪俣は言う。

「されど、気が変わった。理由は、おぬしよ。ひょっとこ顔の岡っ引きに尋ねたら、裁く相手がのうらく者だと知った。それでな、とりあえずは足を向け、ひと芝居打つことにきめたのさ」

月代を剃り、損料屋で黒羽織まで借りたという。

桃之進は、うんざりした顔で聞く。

「最初《はな》から、意図しておったのか」

「まあな。奉行所の近くでおぬしの顔をみたら、自分が途轍《とてつ》もなくみじめに感じられてならなかった。上役に請われて勘定所に戻されたなどと、意地を張ってみせたくなったのよ。許してくれ。このとおりだ。それから、五年前のことだが」

「それ以上、喋らずともよい。すべて、聞かなかったことにする」

「ま、まことか」

「ああ」

桃之進は怒りもせず、空になったぐい呑みを置いた。

「おや、もう行くのか。待ってくれ、ここの払いはどうする」

「案ずるな。ツケも払っといてやる」

「すまぬ。恩に着る」

猪俣は膝を躙《にじ》りよせ、目に涙を溜めつつ、桃之進の手をしっかりと握りしめる。

「折りいって、おぬしに頼みたいことがあるのだが」

「え」

「ひと晩だけでいい。泊めてもらえぬか」

猪俣はぴょこんと飛びのき、畳に額を擦りつける。

「ちっ、また土下座かよ」

舌打ちしてはみたものの、あまりに哀れで、桃之進は拒むことができなかった。

七

葛籠家には気丈な母と商家出の妻、引っ込み思案な息子と生意気盛りの娘がおり、おまけに甲斐性《かいしょう》なしの弟が居候している。

妻の絹はひとつ年上で、日本橋大伝馬町《おおてんま》の呉服問屋から持参金三百両ともども、兄のもとへ嫁いできた。兄が頓死《とんし》したことで実家へ戻る手もあったが、実家はよい顔をしなかった。出戻って他家へ嫁がせるとなると、余計に持参金を積まねばならぬからだ。一方、台所事情の厳しい葛籠家としても、金持ちの実家とは縁を切りたくなかったので、正直、絹をどうするか扱いかねた。

そこで、新しい当主となった桃之進が助け船を出すつもりで求婚した。よかれとおもってやったことなのに、外聞を気にする母の勝代は烈火のごとく怒ってみせた。一方、絹の実家は黙《だんま》りをきめこみ、肝心の絹本人もあまり乗り気ではなかった。すったもんだのあげく、桃之進が意地を通す恰好《かっこう》になり、夫婦になって一年後にどうにか波風はおさまった。

それから十余年、絹は武家の嫁としての役割をつつがなくこなしている。

十になった娘の香苗は母に生き写しで、うだつのあがらぬ父を小莫迦《ばか》にしていた。こましゃくれた娘だが、そういう年頃だから致し方ない。むしろ、案じられるのは、元服を済ませた梅之進のほうだ。終日、自室に閉じこもり、難しい唐本を読みふけっている。何日も家族と会話を交わさず、なかなか本心をみせない。実子ではないという負い目でもあるのか。それとも、実父の弟と夫婦になった母を疎《うと》ましく感じているのか。不満の所在も判然とせず、理解し合えなかった。

そうした養嗣子とはちがい、弟の竹之進は根っからのお調子者だ。みずからを「とんちき亭《てい》とんま」と名乗り、花街ではちょいと知られた顔らしい。役所勤めを毛嫌いし、他家の末期《まつご》養子になる気もない。末子《ばっし》ゆえに、母親から甘やかされて育ったせいか、気楽な部屋住み暮らしを謳歌しているふうでもあり、市中で奇行をはたらいては迷惑沙汰を起こしてくれる。文字どおりの穀潰《ごくつぶ》しだった。

そして、猛々しい気質の母勝代は癪《しゃく》持ちで、桃之進が減封されたことを根に持っている。ことによせては「百石百俵の減封、これはまさに死ねというに等しい。上様も御歴々も、葛籠家先祖代々のご奉公を何とお考えか」と激高しては、千代田城へ踏みこまんとするほどの勢いで薙刀を振りまわしてみせる。

ともあれ、桃之進は家に帰っても肩身の狭いおもいを感じていた。

八丁堀の屋敷へ戻ると、いつもどおり、絹と香苗が上がり框で出迎えた。

草履《ぞうり》取りの伝助《でんすけ》を伝達に走らせたので、珍客の来訪は伝わっているはずだ。

どことなく、よそよそしい態度でいるのは、そのためだろう。

「おもどりなされませ」

絹の態度は硬く、わずかに怒気をふくんでいた。

香苗も母親のまねをし、酒臭さを嫌うように顔をしかめてみせる。

猪俣が腰を低くしながら、快活に笑いあげた。

「これはこれは、香苗どのか。いや、驚いた。少しみぬ間に大きゅうなられたな。ご母堂に似て、聡明な面立ちをしておられる。わしをおぼえておられようか。九段下蟋蟀《こおろぎ》橋のお宅へ五年前にお招きいただいたおり、酔うた勢いで、へそ踊りを披露させてもろうたら、香苗どのは笑うてくれた。おう、それそれ、その笑顔じゃ。百万両にも匹敵するその笑顔を向けられたら、もうたまらぬ。たいていの大人は蕩《とろ》かされてしまうわい」

ほぼ初対面で、これほど子どもを持ちあげる男もおるまい。

口調はやわらかで毒もなく、言われたほうもわるい気はしない。

香苗はもちろん、娘を褒《ほ》めちぎられた母親のほうもすっかり棘《とげ》を抜かれ、下にも置かぬ態度で猪俣を招じいれる。

桃之進は苦虫を嚙みつぶしたような顔で、三人の背にしたがった。

とりあえずは仏間に向かい、この家の主でもある勝代に挨拶させねばなるまい。

ところが、勝代は仏間ではなく、中庭にいた。

煤払《すすはら》いのときのように白襷《だすき》を掛け、先祖伝来の薙刀を振りまわしている。

「いやた、ひぇい……っ」

凜然《りんぜん》と発し、こちらに迫ってきた。

「母上、稽古《けいこ》もたいがいになされませ」

「何じゃと。意見する気か。どたわけめ」

勝代は桃之進と後ろに控える猪俣を睨《にら》み、薙刀を頭上で旋回させるや、びゅんと斬りおとす。

「ひぇい……っ」

刃風を受けて立ちつくしていると、猪俣が一歩踏みだし、懸命に拍手しはじめた。

「いや、お見事。ご母堂さま、あいかわらず、見事な薙刀さばきにござります。五年ぶりで拝見し、この猪俣軍兵衛、心底から感服いたしました」

「ふふ、そうであろう」

勝代は勝ち誇ったようにうそぶき、猪俣に笑いかける。

「そなたのことは、ようくおぼえております。亡くなった長子杉之進のことをご存じで、集まった方々に、あれの思い出話をしてくださりましたな。わたくしはあの晩、涙が止まりませんでした。ご厚情はけっして忘れませんよ。のう、桃之進」

「はあ」

「猪俣どの、急なご来訪ゆえ、宴《うたげ》の仕度もろくにできませなんだ。お許しくだされ。まちっと早う、報せてくれたらよかったものを。そこな当主が気のまわらぬ朴念仁《ぼくねんじん》ゆえ、いつもこうなってしまいます。せめてもの歓迎の気持ちを込めて、このとおり、演武を披露いたしました。お気に召していただけたようじゃが、やはり、寄る年波には勝てぬもの。薙刀が重うて仕方ありませんよ」

「何を仰いますやら。ご母堂さまの御手に掛かれば、九尺の薙刀も箸《はし》のごとし。五年前と寸分変わらぬ身のこなし、太刀行の鋭さ。いいえ、今のほうが数段上をいってお るやもしれぬ。凜々《りり》しいおすがたが、何やら若やいでみえますぞ」

「あいかわらず、世辞の上手なお方じゃ。これ、桃之進、仏頂面《ぶっちょうづら》はおよしなされ。おまえさまはかような世辞が不得手ゆえ、出世できぬのじゃ。猪俣どのの爪の垢《あか》でも煎じて呑むがよい」

「はあ」

「はあではない。お客人を早う、お部屋にお通ししなされ」

「は」

叱《しか》られながら、理不尽さを感じていた。

「むさ苦しい屋敷ではございますが、遠慮のう、くつろいでおいきなされ」

勝代に甘いことばを掛けられ、猪俣は目を赤くさせる。

「かたじけのう存じます。この五年というもの、他人様からそのような温かいことばを掛けてもらったおぼえがござりませぬ」

「まことですか。可哀想にのう」

「かたじけない……うう」

猪俣は洟《はな》を垂らして泣きくずれ、女たちの同情を誘う。

天性のものなのか、真に迫った演技だ。

こうしたやりとりを経て、猪俣軍兵衛の滞在はひと晩のはずが二晩になり、三晩になり、ついに、四日目の朝を迎えてしまった。

家の者たちは厭な顔ひとつせず、むしろ、打ちとけあって楽しんでいる。

舎弟の竹之進などは意気投合し、毎晩、酒盛りに誘っていた。猪俣は剽軽《ひょうきん》な面をみせるかとおもえば、誰よりも早く起きだし、庭の掃除やら廊下の雑巾掛けやらを率先してやり、仏間の線香も絶やさず、終日、勝代の話し相手になっている。

勝代は、いつになく上機嫌だった。

絹にしても、御用聞きの替わりをやってもらえるので、重宝しているようだ。

手妻《てづま》まがいの芸を披露してもらえるので、香苗までが懐《なつ》いている。

猪俣はまるで、ずっと以前からの住人であるかのようにふるまい、桃之進よりも馴《な》染《じ》んでいるかにみえた。

「どうしたものかな」

桃之進はひとり途方に暮れ、溜息ばかり吐いている。

もちろん、このまま屋敷に置いておくわけにもいかない。

いくら人柄が良くても、猪俣は横領に加担し、それとの関わりで役所を辞めた男なのだ。

「よし、今日こそは追いだしてやる」

四日目の夕刻、勇んで役所から戻ってみると、猪俣軍兵衛のすがたは煙と消えていた。

勝代は魂の抜け殻と化し、仏間に籠もっている。

「例の薙刀を盗まれたのですよ」

可笑《おか》しそうに囁《ささや》くのは、不肖の弟竹之進であった。

「やはり、食い詰め者を信用してはいけませんな。少しばかり可哀想な気もいたしますが、母上が灸《きゅう》を据えられたすがたをみるのも、一興にござりましょう」

「莫迦《ばか》たれ、母上を愚弄《ぐろう》したら許さぬぞ」

「おや、おめずらしい。いつも叱られてばかりいるというのに」

「それとこれとは別のはなしだ」

勝代は先祖伝来の薙刀を盗まれたことよりも、信じていた猪俣に騙されたことのほうがこたえたようだ。

「あの薙刀、質に流せば十両にはなります。伝助が足を棒にして行方を追っておりますが、まず、みつからぬでしょうな」

勝代のことが案じられるし、薙刀も惜しい気はする。

だが、桃之進は一方で安堵していた。

猪俣軍兵衛と関わりを断つことができるなら、薙刀の一本くらいは質に流してやってもいい。そんなふうに、おもったのだ。

八

翌日の午後。

長谷川奈津が斬られて死んだと聞き、桃之進は耳を疑った。

金公事蔵に一報をもたらしたのは、定町廻りの轟三郎兵衛《とどろきさぶろべえ》である。

今どきの十手持ちにしてはめずらしく骨のある若者だが、何かにつけて先走ってしまうところがあり、廻り方ではお荷物扱いにされている。淋しくなると、用もないのにやってきて、どうでもよい世間話をしていくのだが、なかには聞き捨てにできない内容もあった。

番屋に後家殺しの一報が飛びこんだのは、昨夜遅くのことであったという。

「今朝一番で検分に立ちあいましたが、あたりは血の海で、ほとけは左の首筋から胸にかけてざっくり斬られておりました。帳場が荒らされているところから察するに、物盗りの仕業ではないかと」

三郎兵衛を「ひよっこ」と呼ぶ安島と馬淵も、黙って聞き耳をたてている。

「されど、ほとけを斬った得物が何なのか、はっきりいたしません」

「刀ではないのか」

「刀傷にしては、あまりに深すぎます。なにせ、肋骨《ろっこつ》も背骨も一刀のもとに断たれておりました。胴が斜めにずりおちんばかりのありさまで」

「もしや、薙刀ではあるまいな」

桃之進の指摘に、三郎兵衛は膝を打った。

「なるほど、薙刀か。そうだ。きっと、そうにちがいない。葛籠さま、薙刀できまりです。さっそく、上役どのにお伝えせねば。されど、なぜ、おわかりになったのですか」

「別に」

興奮して赤くなった三郎兵衛とはうらはらに、桃之進の表情は冴《さ》えない。

とりあえず、猪俣軍兵衛が先祖伝来の薙刀を盗んで失踪したことは黙っているつもりだ。

「周辺をあらってはみますが、近頃とみにこの手の凶事が増えており、正直、手がまわりません」

「わかっておる。ま、せいぜい気張るがよい」

「はあ」

「行っていいぞ」

「え。これで終わりですか」

「ほかに用でもあるのか」

「久方ぶりに、軍鶏鍋《しゃもなべ》でもどうかと」

「馳走しろと申すか。図々《ずうずう》しいやつめ」

「精をつけねば、身が持ちませぬゆえ」

「今日はだめだ。またこんどな」

「こんどとお化けには二度と逢えぬ、と申します」

「口の減らぬやつだな。だめなものはだめだ。さあ、行くがよい」

三郎兵衛はしょげかえり、とぼとぼ去っていく。

「あれでよいのです。若僧を甘やかしたらいけません」

安島が背筋を伸ばし、偉そうに意見した。

「葛籠さま、ご先祖の薙刀が盗まれたはなし、伝助から聞いておりますぞ」

「伝助め、余計なことを」

「金公事に呼んだ後家が殺《あや》められたばかりか、借り手の猪俣軍兵衛に殺しの疑いが掛かるやもしれませんな」

「あの男に大それたまねはできぬ」

「かりに、そうであったとしても、放っておくわけにはまいりますまい」

「なぜだ。余計なことに首を突っこまぬというのが、宮仕えの手管ではないのか」

「いかにも、さようにございます。ま、葛籠さまにその気がおありでなければ、忘れましょう。ただし、まんがいち、盗まれたご先祖の薙刀が後家殺しの凶器と判明いたせば、葛籠さまもただでは済みませんぞ」

安島の懸念はもっともだ。先祖の薙刀を盗まれたというだけで、罰せられる恐れはある。ましてや、盗まれた薙刀が殺しに使われたとなれば、重罪は免れまい。

「まかりまちがえば、葛籠さまご自身に殺しの疑いが掛かるやも」

「わしにだと。何で」

「漆原帯刀さまの命に逆らえず、後家から身代を奪いとろうと画策したものの、不首尾に終わり、やむなく薙刀でばっさり」

「わるい冗談だな」

「なぜ、得物が薙刀でなければならぬのか。そのあたりを、吟味役に糺されましょうな」

「まだ申すか」

「戯《ざ》れ言《ごと》ではござりませぬぞ。十人に九人は一笑に付しても、肝心の漆原さまはどうでしょうか。変わったお方ですからな。下手人とはおもわぬまでも、葛籠さまの尻尾《しっぽ》を摑《つか》んだとお考えになるやもしれませぬ。尻尾を摑まれたら、金を搾りとられるのは目にみえております。ここはひとつ、薙刀の探索だけでもなさってみたらいかがでしょう」

安島のくどくどしい説明が終わらぬうちに、隣でうたた寝をしていた馬淵がふらりと立ちあがった。

「お」

桃之進は、期待に顔を輝かせる。

「まさか、おぬし、薙刀を探してくれるのか」

「いいえ、ちと厠《かわや》へ行ってまいります」

素っ気なく言いはなち、馬淵は欠伸を嚙みころす。

その間抜け面が、どうしても馬にしかみえなかった。

九

何もせずに数日が経った。

長谷川奈津は、不運にも物盗りによって命を絶たれたものと断定され、廻り方の手で深く調べられることもなくなった。

一方、猪俣軍兵衛と薙刀の行方は杳《よう》として知れず、勝代の顔色は冴えない。

猪俣のことを忘れてしまいたいのだが、心の片隅では安否を気遣っている。

「あの男、なぜか憎めぬ」

今日は非番ということもあり、桃之進は気分転換でもはかろうと、朝未《まだ》きから釣り竿を担いで外に出た。

楓川の中央に架かる亀島《かめじま》橋のたもとで小船を仕立て、鉄砲洲《てっぽうず》稲荷のさきから大川へ漕ぎだす。流れ流れて石川《いしかわ》島の南へ抜け、築地《つきじ》の寒橋《さむさばし》あたりから潮目を読みつつ、江戸湾へ向かう。小船は浜《はま》御殿も芝口《しばぐち》も通りすぎ、芝浜に近いあたりをのんびり漕ぎすすんでいった。

八重桜が散り、春の彼岸も過ぎると、待ちに待った鱚《きす》釣りの季節がやってくる。

寒いあいだ、深場にじっとしていた鱚は、水が温《ぬる》むと産卵のために浅場へ寄せてきた。体長は一尺（約三〇センチ）にまで成長し、刺身にしても油で揚げても美味い。近所にお裾分けすれば縁起がよいと喜ばれるので、じつに釣り甲斐のある魚だった。

臆病な性分ゆえ、そう簡単には釣りあげられない。そこで、浅場へ達したら、海中に脚立《きやたつ》を立て、登って上に座り、舟を離しておいて、釣り糸を垂れる。いわゆる脚立釣りが、鱚釣りの常識であった。

ひとりでは無理なので、二百文ほど払って船頭を雇わねばならない。二百文といえば、蕎麦《そば》十二杯ぶん、安酒なら銚子十六本ぶんにはなる。薄給の身には痛い出費だが、鱚釣りには代えがたかった。

小雨がぱらつくなか、一刻ほど粘ったものの、釣果《ちようか》はない。

「まいったな」

小船を呼んで脚立をたたみ、桃之進は落ちこんだ心持ちのまま、八丁堀へ戻ってきた。

船頭に手間賃を払い、空の魚籠《びく》をぶらさげて陸《おか》へあがる。

亀島町の辻へ踏みこむ手前で、桃之進は足を止めた。

辻陰に、誰かいる。

刺客か。

直感がはたらき、腰を落として身構えた。

剣におぼえがなければ、こうはいかない。

たしかに、若い時分は剣の修行に明け暮れ、辻月丹《つじげったん》の創始になる無外流《むがい》の印可《いんか》を受けた。勝代が猪俣に告げたはなしは事実だ。千代田城の白書院広縁にて催された御前試合に出場し、一刀流《いっとう》や新陰流《しんかげ》の猛者《もさ》と互角に渡りあった。

今から十五年前、明和《めいわ》六年（一七六九）夏のことだ。将軍家治《いえはる》によって重用された田沼意次は老中格となり、江戸の夜空には彗星が流れた。水茶屋や楊枝屋の娘が浮世絵になって評判を博したのもその年だった。記録を紐《ひも》解けばあきらかなとおり、桃之進は御前試合に出場しただけではなかった。武芸勝ちぬき戦において、並みいる強敵を木刀でつぎつぎに打ち負かし、見事に優勝を遂げたのだ。

あのときが人生の絶頂であった。優勝して出世は意のままとおもわれたが、世の中そう甘いものではない。だいいち、剣術を得手とする者が出世できる時勢ではなかった。桃之進は無役の小普請組《こぶしんぐみ》でしばらく過ごしたのち、兄の急死で葛籠家の当主となり、他人の禄米を勘定する勘定方に就いた。そして、十年余り経っても出世できず、それどころか、禄米を減らされたうえ、町奉行所へ左遷されたのである。

もう長いこと、日々の鍛錬《たんれん》を怠《おこた》っていた。精悍《せいかん》であったころの面影は微塵《みじん》もなく、腹の肉はたぷつき、捷《はや》さもキレも衰えている。おそらく、対峙《たいじ》して恐れをなす者は皆無であろう。

むしろ、中途半端に鍛《きた》えないほうがよいともおもっていた。鍛えれば自信が湧き、欲も出てくる。武芸者本然の闘争本能に火がついたら、かえって始末にわるい。誰彼かまわず、刃を合わせたくなるかもしれない。などと、ありもしないことを心配しながら、何だかんだと理由をつけて鍛錬を怠っている。

今さら悔やんでも後の祭りだ。

辻陰には、殺気が潜んでいた。

鍛えずとも、それくらいはわかる。

「ふふ、待たせおって」

大柄の浪人が、のっそりあらわれた。

みたこともない男だ。刀を一本落とし差しにしており、右手にめずらしい得物を提げている。

「鎌槍《かまやり》か」

おもわず、桃之進は声をあげた。

穂先の長さは一尺余り、柄は三尺と短めだが、継ぎ竿のように伸張する細工がほどこされているようだ。

ひょっとしたら、長谷川奈津を斬った得物かもしれない。

男は大胆な足取りで近づき、三間ほど手前で立ちどまる。

隆々とした肩を怒らせ、やる気満々の風情だ。

「ええい、ままよ」

桃之進は腰を落とし、ぷつっと鯉口《こいぐち》を切った。

と同時に、右のふくらはぎが攣《つ》った。

「くっ」

動けない。

ふくらはぎに触れようにも、からだが硬すぎて届かない。

全身の毛穴から、脂汗《あぶらあせ》が吹きだしてきた。

無理に屈《かが》もうとした瞬間、本身が鞘から離れた。

ずり落ちる。

「あっ」

柄《つか》を摑み、どうにか鞘に納めた。

ちんと、冴えない鍔《つば》鳴りが響く。

「おぬし、さきほどから何をしておるのだ」

男は嘲笑《ちょうしょう》しながら、鎌槍を構えた。

「ぬりゃお」

鬼の形相《ぎょうそう》で気合いを発し、ずんと一歩踏みだす。

刹那《せつな》、槍の柄が倍に伸びた。

――ぶん。

刃音が耳朶《じだ》を掠《かす》める。

「ぬわっ」

咄嗟《とっさ》に避けた。

避けねば、顔を薙ぎ斬られたところだ。

「躱《かわ》したな」

男は鎌槍を納め、低い声を漏らす。

「猪俣軍兵衛の居所を教えろ」

「え」

「二度は言わぬ」

くんと、鎌槍の柄がまた伸びた。

鋭利な穂先で鼻面を撫でられ、声も出せない。

あと一寸伸びていれば、鼻を削られたところだ。

「うっ」

血腥《ちなまぐさ》い臭いがする。

やはり、奈津を斬った刃なのか。

「待ってくれ。猪俣の居所など知らぬ」

「庇《かば》いだていたせば、命はないぞ」

「あんなやつ、庇いだてする義理はない」

「ほう、友ではないのか」

「ちがう」

「なぜ、家に泊めた」

「ん」

「隠そうとしても無駄だぞ。見張っておったのだからな」

「どうしてもと請《こ》われて泊めただけだ。親しい仲ではない」

「ふん、どうやら、嘘ではなさそうだな」

男は、すっと身を退いた。

「おぬしなぞ、殺《や》ろうとおもえば、いつでも殺れる」

「待て。猪俣の命を狙っておるのか」

「どうかな」

「誰に頼まれた。なぜ、あやつを斬らねばならぬ」

「うるさい。余計なことを勘ぐれば、命はないものとおもえ」

男は口端を吊って笑い、くるっと踵《きびす》を返す。

大きな背中が辻陰に消えた瞬間、桃之進は尻餅《しりもち》をついた。

攣ったふくらはぎを揉みほぐし、ふうっと安堵の息を吐く。

まともにわたりあっていたら、鎌槍の餌食《えじき》になっていたかもしれない。

「くそっ」

口惜《くちお》しさはある。

刀すら、まともに抜けなかった。

不甲斐ない自分への怒りがわいてくる。

それにしても、いったい、何者なのか。

刺客《しかく》だとすれば、誰に雇われたのだろう。

桃之進は、五年前の横領との関わりを疑った。

居酒屋で猪俣から聞いたはなしが事実なら、横領の首謀者はほかにいる。

悪事の露見を恐れた者が、猪俣の命を狙っているのだろうか。

だとしたら、五年も経って、なぜ、また動きだしたのだ。

桃之進は、めまぐるしく頭をめぐらせた。

生死の狭間《はざま》に立たされると、血のめぐりがよくなるらしい。

「ともあれ、捨てておけまい」

勘ぐるなと言われれば、抗《あらが》いたくなってくる。

刺客に脅され、はいそうですかと応じるほど、やわではない。

心の奥底では、反骨の燠火《おきび》が燻《くすぶ》っている。

燠火を掻きまわす連中には、牙《きば》を剝《む》かねばなるまい。

「まずは、真実を見極めることだ」

裏で何が起こっているのか、じっくり調べてみよう。

「ちと鍛えるか」

桃之進は不敵に笑い、歩きだした途端、石に躓《つまず》いた。

十

今日は釈迦《しやか》生誕を祝う灌仏会《かんぶつえ》、江戸じゅうの寺では花御堂をつくって祝い、花御堂の中心に鎮座させた釈迦尊像の頭へ参詣人の手で甘茶を注がせる。その甘茶を持ちかえって墨を磨《す》り、お札に「五大力菩薩」と書いて櫃《ひつ》などに貼れば虫封じになる。あるいは「八大龍王茶」と書いて天井に貼れば、雷避けに効験があるともいう。

安島は家から携えてきた厄除《やくよ》けの札を、梯子《はしご》を使って蔵の天井に貼った。

壁には「蟲《むし》」と書かれた札が逆さに何枚も貼られている。

「賑やかですな。それに、ほら」

安島が指差したさきには手桶が置かれ、牡丹《ぼたん》の花が生《い》けてあった。

勝代が庭で育てた緋《ひ》牡丹を何本か切り、茎《くき》を水に浸して持たせてくれたのだ。

「ご母堂さまの細やかなお気遣い、まこと、ありがたいかぎりですな」

桃之進の目には、濃艶な花弁の緋色が血の色にみえる。

「どうなされました。何かお悩みでも」

「いや、別に」

「そうはみえませぬな。昨夜、勘定方の樋口《ひぐち》某が大酒を喰《くら》って狂乱したすえ、同僚の妻と子を井戸へ投げすてたそうです。樋口某は鬱憤《うっぷん》晴らしにやったとうそぶいておるようですが、まこと、物騒な世の中になりましたなあ」

「わしが狂乱のすえ、おぬしの妻と子を井戸に投げるとでも言いたいのか」

「とんでもない。何をそう、かりかりしておられるのです。ひょっとして、疫病神《やくびょうがみ》のことが気に掛かっておいでですか」

「疫病神」

「ふふ、眉間にいぼのあるお調子者のことですよ」

安島が意味ありげに笑ったところへ、馬淵斧次郎があらわれた。

「遅くなりました」

何食わぬ顔で蔵に入ってきたが、右手には薙刀を提《さ》げている。

「あ、それは」

桃之進は、目を飛びださんばかりに瞠《みは》った。

「まさか、盗まれた薙刀ではあるまいな」

「いかにも。ご伝来の逸品にござります」

「ど、どうしたのだ」

「質屋でみつけました。さ、どうぞ」

馬淵は表情も変えず、薙刀を差しだした。

おおかた、質屋という質屋を虱潰《しらみつぶ》しにあたってくれたのだろう。

「すまぬ、恩に着る」

桃之進は、心の底から感謝した。

「さすがは元隠密廻り、鼻が利《き》くのう」

安島が朗らかに笑いあげる横で、馬淵は冷静に説いた。

「刃に血曇りはありません。ご安心を」

「むふふ、これでひと安心だ」

安島はまるで、自分の手柄であるかのように胸を張る。

「葛籠さま、いかがでしょう。たまには陽の高いうちに蔵を抜け、外へ繰りだすというのは」

「何を言う。浮かれるでない」

「浮かれてなどおりませぬ。策を練るのでござる」

「何の策だ」

「まあ、よろしいではありませんか。かたいことは言いっこなし。じつは、飯田町《いいだ》の軍鶏源《しゃもげん》に使いをやりましてな、軍鶏を四人分絞めておけと命じておきました」

「四人分」

「われわれ三人と、もうひとりは大食漢の轟三郎兵衛にござります」

「三郎兵衛も呼んだのか」

「少々知恵の足りぬ若僧ではござりますが、小回りはききますし、使い減りのしないやつです。後家殺しについても、何やら調べておる様子で。ささ、善は急げ。まいりましょう」

強引に背中を押され、桃之進は蔵をあとにした。

やはり、このふたり、ただの阿呆ではなさそうだ。

安島左内は三年前まで、石川島の人足寄場詰めに任じられていた。あるとき、水玉人足が殺された一件を調べてゆくなか、人足頭とつるんで私腹を肥やすお偉方の存在に気づき、厳しく追及する姿勢をとった。それが裏目に出て、役目を干《ほ》されたのだ。

一方、馬淵斧次郎は奉行直属の隠密廻りであった。こちらは根津《ねづ》権現界隈《かいわい》の岡場所を取り締まる警動で、元凶と目された元締めを取り逃がした一件を調べてゆくなか、元締めから賄賂《まいない》を受けとっていた奉行所のお偉方が深く関わっていることをつきとめた。そして、安島同様、筋を通そうとしたがために、金公事蔵へ封じこめられたのである。

ふたりには意地も矜持《きようじ》もあったが、養うべき家族も抱えていた。扶持《ふち》米を失うこと天秤《てんびん》に掛け、牙を抜かれた山狗《やまいぬ》になる道を選ばざるを得なかった。

が、もはや、ふたりの共通の敵であった元年番方筆頭与力の小此木《おこのぎ》監物《けんもつ》はこの世にいない。桃之進も入れた三人で不正を暴き、ひそかに裁きの場へ投じてやった。

手柄をおおやけにできないので、金公事方の暗躍を知る者はいない。

ゆえに、いつまで経っても、三人は穴蔵から抜けだせずにいる。

半刻（約一時間）ののち、桃之進は軍鶏源の暖簾《のれん》をくぐった。

勘定方のころから馴染みにしているので、親爺は好みをわかっている。

「なにせ、出汁《だし》の取り方が上手い。昆布を敷き、鶏がらや生姜《しようが》などと煮込むのだぞうです」

安島は、わかりきったことを声高に説明する。

衝立で囲んだ床几《しようぎ》を覗くと、轟三郎兵衛が腹を空かしながら待っていた。

「方々、遅うござる」

口を尖《とが》らせて文句を言い、安島にたしなめられた。

「酒も頼まずに待っておったのか。糞真面目《くそまじめ》な野郎だ」

「不謹慎な。まだ午前ですよ。それに、これもお役目の内にございます」

「さようか。なら、おぬしは酒抜きだ」

「へ」

三郎兵衛は泣きそうになり、みなに笑われた。

下戸の馬淵までが、めずらしく笑っている。

馬淵は陰に籠もって無駄口を叩かないので、酒の相手としてはつまらない。座持ちがよく、蟒蛇《うわばみ》の安島とは好対照だが、ふたりとも胸の奥底には、ままならぬこの世への怒りを溜めこんでいるようだった。三郎兵衛もふくめて、ふだんは「てんでだめなやつら」だが、いざとなればやってくれるものと、桃之進はひそかに期待している。

三郎兵衛は、ふてくされた顔で喋りはじめた。

「葛籠さま、後家の借りていた裏店の大家から、気になるはなしを聞きました。殺された長谷川奈津は、天神の岩吉なる地場の高利貸しと以前から揉めていたそうです。おそらく、みかじめ料を払えとか、そういったことでしょう」

桃之進は、じっと考えこむ。

「どうかなされましたか」

「ふむ、天神の岩吉という名を聞くのは二度目でな。猪俣軍兵衛の口からも、その名は出た。長谷川奈津に返す金を工面するため、岩吉から二両の鴉金を借りたのだ」

「なるほど、三人は繋《つな》がっていたのか」

岩吉は奈津が殺《あや》められた日の夕刻、大家と顔を合わせている。

「小悪党め、取りまきどもと用心棒を連れ、肥金《こえがね》の一部を寄こせと脅したそうです」

奈津にも会っていたにちがいない。

「はなしがこじれて、命を奪われたのかもしれませんね」

「なぜ、そうおもう」

「岩吉の連れていた用心棒が、ちと怪しいのです。鎌槍を提げておったそうで。もしかしたら、その鎌槍が後家殺しの得物ではないかと」

「ふうむ」

桃之進は唸った。

鎌槍で嬲《なぶ》られた感触は、まだ生々しい。

「その用心棒、羽後《うご》に縁のある浪人だそうです」

「調べたのか」

「はい。姓名は片瀬《かたせ》元十郎《げんじゆうろう》、佐分《さぶ》利流槍術の遣い手とか」

「佐分利流か。でかしたぞ、三郎兵衛」

「は」

そこへ、ぐつぐつ煮立った鍋が登場した。

「うほほ、きおったな」

安島が涎《よだれ》を啜《すす》った。

笊《ざる》には桃色の軍鶏肉が盛られ、別の笊には大根や里芋や椎茸《しいたけ》などの野菜が山盛りになっている。

「よし、はなしはあとだ」

桃之進は威勢よく発し、鍋奉行に早変わりした。

十一

桃之進は慎重にみえて、こうと決めたら後先構わず突っこんでいくようなところがある。

三郎兵衛をともない、湯島までやってきたのは、天神の岩吉に会うためだ。

神田明神《かんだみょうじん》裏の妻恋町に立ちより、奈津の殺された裏店を検分してから、桃之進は湯島天神の門前へ足を向けた。

参詣人で賑わう境内《けいだい》を突っきり、緩《ゆる》やかな女坂を下っていく。

坂下の切通《きりどおし》町にでんと構えるのが、高利貸しを営む岩吉の見世だった。

この辺り一帯を縄張りとする地廻りでもあり、商売人たちからは恐れられている。

三郎兵衛によれば、岩吉は暗くなってから動きだすので、午前中は寝入っているはずだという。

「ふくろうみたいなやつだな」

「まあ、そうですね」

三郎兵衛は笑いもせず、さきに敷居をまたいだ。

帳場格子の向こうから、番頭らしき男が狐《きつね》顔を差しだす。

「あ、お役人さま、ごくろうさまにございます」

狐は揉み手をしながら、格子から出てきた。

三郎兵衛は胸を張り、疳《かん》高い声を発する。

「御用の筋だ。岩吉をここに呼べ」

「あの、たいへん失礼ながら、お名を頂戴できませんか」

「何で」

「へえ、お役人を騙《かた》る悪党どもが増えておりますもので」

桃之進も聞いたことがあった。小銀杏髷《こいちょうまげ》に黒羽織を纏《まと》って廻り方の同心を装い、玄関先で難癖をつけては袖の下をせびる。そうした食いつめ浪人どもが、商家に出没しているらしい。

「つい先だっても、朝っぱらから、妙なのがやってきましてね。何やかやと文句を並べたてるので、十手をみせてほしいと申しあげたところ、十手は質に入れたから携《たずさ》えていないなどと、ふざけたことを抜かす。仕舞いには、親の病を治す薬が欲しいので二両貸してほしいと、土間に土下座しやがった。貸さなきゃてこでも動かないってんで、こっちも根負けしましてね、鴉が鳴くまでに返《けえ》すんだぜと言いおきして、二両貸してやりました。おもったとおり、貸した金は返ってこなかった。ふん、あのいぼ野郎め」

「いぼ野郎」

「へえ、眉間にいぼのある浪人でしてね」

猪俣軍兵衛だなと察し、桃之進はげんなりした。

「ま、そういうわけでして。どうか、お許しを」

番頭が喋りきらぬうちに、三郎兵衛は背中の十手を抜いた。

「定町廻りの轟三郎兵衛だ。四の五の言わず、岩吉を呼んでこい」

「へ、ただいま」

狐顔の番頭は、急いで奥へ引っこんだ。

しばらくして、五十がらみの肥えた男が顔をみせた。

ふくれた河豚《ふぐ》のような面に作り笑いを浮かべ、つんのめるように近づいてくる。

「これはこれは、お役人さま、いったい何の御用でしょう」

「おぬしが岩吉か」

「さようで」

「いつまで土間に立たせておく気だ。こちらはな、与力の葛籠桃之進さまだぞ」

「こりゃどうも、あいすみません」

岩吉はぺんと額を叩き、奥へ案内しようとする。

「いや、気遣いは無用だ」

桃之進は胸を張り、のっけから核心に迫る。

「岩吉、おぬし、片瀬元十郎と申す用心棒を雇っておろう」

「はい。されど、片瀬さまなら、見世にはおられやせんよ。駒込白山の遊女屋にしけこんでおりやしてね。へへ、用事のあるときだけ呼びにやらせやす」

「用事とは」

「そりゃ、取りたてにきまっておりやす。うちは金貸しでやすから。あの、片瀬さまがどうかなされやしたかい」

「妻恋町の後家殺しは知っておるな」

「ええ、存じておりやすよ。物盗りの仕業なんでしょう」

「まだ、そうときまったわけではない」

「ほう」

「おぬし、片瀬をともない、後家のもとを訪ねたらしいな」

「ご同業なもので、挨拶かたがた足をはこんだだけでやす」

「凶事があったのは、おぬしが訪ねた夜だ。これは偶然か」

「おや、あっしを疑っていなさるので。そいつは見当違いってもんだ。でえち、あっしにゃ後家を消す理由がねえ。こうみえても、湯島じゃちょいと顔の知られた男でしてね。吹けば飛ぶような後家貸しがひとり死のうが死ぬめえが、知ったこっちゃねえんですよ」

「それなら、問いをかえよう。なぜ、猪俣軍兵衛を捜しておるのだ」

「どなたです。その猪俣っておひととは」

狐顔の番頭が躙《にじ》りより、何やら耳打ちをした。

岩吉はじっくり頷き、穏やかな顔を向けてくる。

「合点しやした。貸した金を返さねえ浪人のことでやすね。そうした連中は、掃いて捨てるほどおりやすよ」

「いちいち、おぼえておられぬと申すのか」

「へえ。厳しい取りたては、片瀬の旦那にお任せしておりやす。金を返さねえ太え野郎を連れてきたら、そいつの借りた金の半分は差しあげるとお約束しておりやしてね、へへ」

「ずいぶん、気前がよいな」

「あっしは、金が惜《お》しいわけじゃねえ。金を返さねえ野郎の性根が気に食わねえんだ。そうした連中にゃ、地獄をみさせてもいいとおもっておりやす。片瀬さまは閻魔《えんま》のようなおひとだから、あっしらの商売にゃうってつけなんでやすよ」

するりとかわされたかにみえたが、岩吉は嘘を吐いていると、桃之進は看破した。

そうした心証を得られただけでも、わざわざ足労した甲斐《かい》はあったというものだ。

さらに、岩吉はうっかり口を滑らせた。

「吟味方与力の荒尾中馬《あらおちゆうま》さまはご存じで」

「ん、ああ、知らぬ名ではないな」

「されば、これ以上のおはなしは、荒尾さまをお通ししていただけやせんかね」

「ほう、なぜ」

聞くだけ野暮なはなしだ。

有力な地廻りが町奉行所の与力と通じていても、何らめずらしいことではない。

「ようわかった。つぎはそちらを通すとしよう」

「つぎがあるとは、おもえやせんがね」

岩吉は皮肉を漏らし、にやっと笑う。

ここが潮時と察したのか、狐顔の番頭が揉み手で擦りよってきた。

巾着切《きんちやくきり》のような素早さで、袖に小判を捻じこむ。

そして、帳場格子の向こうに戻ると、岩吉に促され、筆を取った。

袖の下の額と相手の名を、まめまめしく帳面に付けているのだ。

桃之進は俵目の感触を確かめつつ、捨て台詞を吐いた。

「岩吉、用心棒に伝えておけ。脅す相手をまちがえるなとな」

「へへえ」

岩吉は大袈裟にかしこまり、顔をあげようともしない。

桃之進は不満そうな三郎兵衛を促し、見世の外へ出た。

「ふふ、袖の下にさずかる要領がわかってきたぞ」

「感心しませんね。あんな悪党から金をせびるなんて」

「かたいことを申すな。ほれ、全部で五両ある。一両はおぬしの取り分だ」

「いりませんよ。そんなもの」

「さようか。なら、ぜんぶ貰うとしよう」

袖を振ってじゃらじゃらさせると、三郎兵衛は口惜しげに口をひんまげる。

「市中見廻りがござりますので、これにて失礼いたします」

「おう、行け。江戸じゅうを駆けずりまわってこい、のはははは」

肩を怒らせながら去っていく若い同心の背中をみつめ、桃之進はさも嬉しそうに眸《まな》子《こ》を細めた。

「ふむふむ、十手持ちはああでなくてはならぬ」

ふと、路傍《ろぼう》に水子地蔵をみつけ、供物の脇に一両を供えておく。

悪党の正体は、まだ深い霧のなかだ。

桃之進はやたらに、酒が呑みたくなった。

十二

長谷川奈津の遺体は火葬にされ、中山道《なかせんどう》沿いの円満寺に納骨されたと聞いた。

せめて花を手向《たむ》けてやりたいとおもったところに、ちょうど香気ただよう樒《しきみ》の木をみつけたので、鬱金《うこん》色の小花と葉の付いた枝を折り、路傍に咲いた薄紅色の雛罌粟《ひなげし》や黄色い酢漿草《かたばみ》の花といっしょに束ねた。

妻恋坂の手前を右手にまがり、少し歩けば円満寺の山門がみえてくる。

五年前に切腹した長谷川蔵人はこの寺に眠っており、奈津の遺骨も同じ墓に納められた。おそらく、親族が遺言にしたがったのだろう。猪俣によれば、寺名と同様、蔵人と奈津は仲の良い夫婦であったという。子宝に恵まれずとも、労《いたわ》りあい、慈《いつく》しみあう仲であったと聞き、胸が痛んだ。

生真面目な勘定役人を狂わせたものは、いったい何であったのか。

金銭欲、色欲、出世欲、そうした我欲のために平穏な暮らしを捨ててしまったのだとすれば、裏切った夫の名誉を守ろうとした奈津があまりに哀れで仕方ない。

境内は閑寂《かんじゃく》として、参詣人はひとりもいなかった。

晴れていた空は掻き曇り、湿った風が吹きはじめる。

「ひと雨くるか」

桃之進は宿坊に立ちより、墓石の場所を尋ねた。

本堂の脇から裏手へ進み、さほど広くもない墓地へ踏みこむ。

墓石と卒塔婆《そとうば》のあいだを縫《ぬ》うように進んでいくと、目印だと教えられた桐《きり》の木がみえてきた。

大木ではないが、紫色の大きな筒形の花を見事に咲かせている。

桐は伐《き》られて生長するというが、亡くなった者の命は再生できない。

せめて、同じひとつの墓に納められた夫婦があの世でも仲良く添い遂げてくれることを祈るしかなかった。

長谷川蔵人とは、同じ勘定方の役人だったという以外に何の関わりもない。

だが、桃之進は祈りを捧げてやりたかった。

墓石に耳をかたむけ、恨《うら》み言のひとつも聞いてやろう。

心の底に燻《くすぶ》った怒りのはけ口を探していた。

いったい、何にたいしての怒りなのか。

民が飢《う》えても何ら策を講じず、体裁《ていさい》だけ繕《つくろ》おうとするお上への怒りなのか。自分だけよいおもいをしたいという権力者の欺瞞《ぎまん》への怒りなのか、よくわからない。ただ、やたらに腹が立って仕方ない。

ぽつぽつと、雨が降ってきた。

桐の葉が一葉、舞いながら落ちてくる。

ふと、桃之進は足を止めた。

めざす墓石のまえで、五分月代の男が項垂《うなだ》れている。

「い、いぼ俣軍兵衛ではないか」

猪俣は両手を合わせたまま、首だけを捻《ひね》った。

泣いている。

滂沱《ぼうだ》と、涙を流している。

桃之進は、懐かしい友をみつけたような気がした。

「どうしておった」

花束を軽く持ちあげ、一歩踏みだす。

と、そのとき。

墓石の陰から、怪しげな連中があらわれた。

五人いる。

月代を伸ばした浪人どもだ。
しゃっと、一斉に本身を抜いた。
ひとりを残して四人は後ろを向き、猪俣に襲いかかる。
「待てい」
桃之進が叫ぶやいなや、中段の突きがきた。
咄嗟《とっさ》に避け、手にした花束で相手の顔を払う。
「のわっ」
樒と雛罌粟と酢漿草の花が散り、地べたにばらまかれた。
と同時に、桃之進は白刃《はくじん》を抜きはなつ。
「へいやっ」
気合いを発した。
いつになく、素早い動きだ。
低い姿勢から相手の胴を抜き、振りむきざま、脳天に物打ちを叩きつける。
初太刀の抜き胴は浅く、二撃目の上段打ちは刃を峰に返した。
刀は孫六兼元、水をも漏らさぬ切れ味だ。
ひとり目の刺客が声もなく倒れると、桃之進は毛臑《けずね》を剝いて走った。

猪俣は長谷川家の墓石に背を預け、竹光を振りまわしている。

「寄るな、寄るな」

みっともない腰つきで立ちあうすがたは、緞帳《どんちょう》芝居の斬られ役にほかならない。

「死ねい」

刺客の鋭い一撃を躱《かわ》し、墓石の裏へ逃げこんでいく。

桃之進は摺《す》り足で迫り、刃の先端で刺客の尻を突いた。

「痛っ」

突かれた男は尻を抱え、前方へ勢いよく飛びだす。

つぎの瞬間、額を墓石にぶつけ、そのまま気を失った。

「油断するな」

刺客のひとりが叫び、別のひとりが八相《はっそう》から斬りつけてくる。

桃之進はひょいと袈裟《けさ》懸《が》けを躱し、首筋に峰打ちをきめた。

「むひっ」

残ったふたりは猪俣を追わず、桃之進と向きあう。

左右から挟みこみ、同時に斬りかかってきた。

「はっ」

飛ぶとみせかけ、桃之進は沈みこんだ。
ひとりの臑を払い、返しの一撃でもうひとりの脇腹を叩く。
独楽《こま》のように回転しながら、ふたりの脳天に峰を叩きつけた。
「にぇっ」
五人目がその場に頽《くずお》れると、墓地に静寂が戻った。
桐の葉を打つ雨音だけが、はっきり聞こえてくる。
火花も散らず、金音もなかった。
桃之進は一合も交えず、五人の刺客を手もなく倒したのだ。
手向けられたはずの花弁が、墓石のうえに散らばっている。
猪俣が、蒼白になった顔を差しだした。
「お、おぬし。とんでもなく強いではないか」
よくからだが動いてくれたと、自分でも感心している。
だが、桃之進は金縛りにあったように動けなくなった。
左右のふくらはぎと、背筋までが痙《つ》ってしまったのだ。
「いぼ俣、ちと、手を貸してくれ」
桃之進は孫六を杖《つえ》にし、辛《つら》そうに顔をゆがめた。

十三

赤提灯《ちょうちん》には『おかめ』と書かれている。

木原店は聖天稲荷のそばにある居酒屋へ、猪俣を誘ってやった。

おしんは信頼のおける女将だ。口は堅いし、余計なことはしゃべらない。人情の機微はわかるし、踏みこんではいけない一線を心得ている。何といっても、桃之進は気に入られていた。

「お連れさまとごいっしょなんて、おめずらしい。よほど、お親しい方なんでしょうね」

おしんは小首をかしげ、満願《まんがん》寺の下り酒を注いでくれる。

三つ輪髷《まげ》に鼈甲の簪《かんざし》をぐさりと挿し、富士額《ふじびたい》で化粧は薄い。着物は桃之進の好きな茶のよろけ縞《じま》、襦袢《じゅばん》の襟《えり》は藍色の鹿の子《か》絞り、帯は鶯《うぐいす》色の亀甲繋《きっこうつな》ぎだ。

おしんは垢《あか》抜けた感じの三十路年増で、歯は染めていない。

ふっくらした頬にえくぼをつくり、少し受け気味の口で喋《しゃべ》る。

きめのこまかい肌は白く透きとおり、うっとりと見惚れてしまうほどだ。

小便臭い露地裏に置いておくにはもったいない。噂では柳橋《やなぎばし》の芸者だったと聞いたが、過去なんぞ知らずともよい。おしんと差しむかいで酒を呑めればそれでよかった。

「さ、お注ぎしましょ」

隣に座った猪俣は流し目を送られ、柄にもなく頰を赤くする。

いつもの軽口は消え、目もあげられぬ様子が、気持ちわるいほど初々《ういうい》しい。

「おまえさんが眩《まぶ》しすぎて、顔をまともに拝《おが》めぬのさ」

「観音さまじゃあるまいし、拝まれたくはないわ」

「いいや、おまえさんは観音さまだよ」

「ふふ、そうかしら」

切れ長の眸子《まなこ》を潤ませ、おしんは微笑《ほほえ》んでみせる。

「いぼ俣さま、お酒はお強いの」

「水と同じさ。わしはそもそも川崎《かわさき》の大師《だいし》河原の出でな、ご先祖は大蛇丸《おろちまる》池上《いけがみ》太郎《たろう》右衛門《えもん》じゃ」

「大蛇丸って」

「知らぬのか。天下無双の大酒呑みじゃ」

「それなら、あれで呑んでみて」

おしんはよろけ縞の袂《たもと》を摘《つま》み、白魚のような指で壁を差した。

煤《すす》けた壁には、酉《とり》の市で求めた大きな熊手が飾られ、それよりも大きな鮑《あわび》の大杯が吊りさげてある。

「うかむせですよ。あの大杯を七合五勺のお酒で満たし、ひと息に呑んでいただきます。もし呑むことができたら、葛籠さまのお席に座らせてさしあげますよ」

「特別な席なのか」

猪俣は、明樽《あきだる》をひっくり返しただけの席をみた。

「運だめしの席よ」

「運だめし」

「ええ。その席に座って酔いながら、辛いこと、嫌なことをすべて吐きだしてしまえば、すっきりするんです。わたしでよかったら、幾晩でも愚痴を聞いてさしあげますよ。ただし、大杯を空にしていただいたらのはなしですけど」

「葛籠桃之進は呑んだのだな」

「ぺろりとね」

「おもしろい。わしにもまだ運が残っていようか」

「それをためすのさ」

と、桃之進に励まされ、猪俣は挑むことにした。

久しぶりの挑戦者に、常連たちも熱い目を注ぐ。

おしんの手で、大杯になみなみと酒が注がれた。

「さあ。中途で休んじゃだめだよ」

「ふむ、承知した」

猪俣は重そうに大杯を抱え、ごくっとひと口呑む。

頭をさげて吸うように呑み、あっというまに半分減らし、大杯を徐々にかたむけていった。

「呑みほせ、もうちょいだ」

まわりの声援も、次第に大きくなっていく。

猪俣は途中で苦しげな顔になり、白目を剝きはじめた。

それでも声援にこたえようと、必死にのどを鳴らしつづけ、ついにすべてを呑みほした。

「でかした、いぼ俣」

桃之進が拍手をする。

周囲からも割れんばかりの拍手を送られ、猪俣は満面の笑みをつくった。

その顔がみるまにゆがみ、どんぐり眸子から涙が溢れだす。

「かたじけない。葛籠よ、人の温かみとはよいものよなあ」

「さあ、おぬしの席だ。口惜しいが、今晩だけは座らせてやる」

桃之進が「運だめしの席」に導いてやると、猪俣はよろめきながらも明樽に座りこんだ。

「どうだ。見晴らしは」

「お、ほほ。絶景かな絶景かな。美人女将の顔が間近にみえる」

「そうであろう。みんながその席を狙っているのさ。座ることを許された者は、ほんのひと握りだ」

おしんはにっこり微笑み、猪俣に温かい澄《す》まし汁を出してくれた。

「さ、酔いざましの剝き身汁ですよ」

「ありがたい」

汁に口を付け、猪俣は嬉しそうにする。

突如、真顔になり、声を落とした。

「葛籠よ、わしに聞きたいことがあろう」

「ん」

「墓で待ち伏せしていた連中のことだ」

「正体を知っているのか」

「見当はついておる。奈津どのを殺めた者のこともな」

「鎌槍の遣い手か」

八丁堀で襲われたはなしをしてやると、猪俣は渋い顔で頷いた。

「片瀬元十郎を知っておったか。されど、あやつを雇った者が誰かは知るまい」

「天神の岩吉ではないのか」

「ちがう」

「誰だ」

「それは、言えぬ」

「どうして」

「言えば、おぬしに迷惑が掛かる。いや、おぬしだけではない。わしに関わった者はみな、不幸のどん底に堕ちる。わしが妙なことを吹きこまなければ、奈津どのも死なずに済んだ。わしは疫病神だ。葛籠よ、すべて忘れてくれ」

「いまさら、何を抜かす」

「頼む、このとおりだ」

猪俣は目測を誤り、下げた頭を床几《しょうぎ》に叩きつけた。

「あら、大丈夫」

おしんに心配されて、へらへらと笑いだす。

「痛くも痒《かゆ》くもない。ほれ、このとおり」

額には、大きなたんこぶができていた。

「猪俣よ、今夜は家に泊まっていけ」

「え」

「母はおぬしの身を案じておった。どこぞで野垂れ死んではいまいかとな。薙刀を質に流して腹を満たしてもかまわぬが、その場しのぎにしかならぬ。きちんとした稼ぎの目処《めど》がたつまで、家に居てもらってかまわぬと、そのように申しておったぞ」

「ま、まことか」

「ああ。絹も香苗も竹之進も、おぬしを好いているようでな。おぬしがおらぬようになって、淋しがっておる。遠慮せず、うちに来い」

「す、すまぬ……う、うう」

猪俣は泣き上戸なのか、子どものように泣きだした。

おしんや常連たちは、遠くから優しげに見守っている。

「か、かたじけない。されど、わしは江戸を出る」

「なに、江戸を」

「ここにおっても、よいことはない」

「どこに行こうが、同じだぞ」

「そうよな」

淋しげに笑い、猪俣は冷めかけた汁を呑みほした。

「女将さん、ありがとう。よい思い出になったよ」

「また、おいでなさいな」

猪俣は「運だめしの席」から降り、ふらつく足取りで戸口へ向かう。

桃之進も追いつき、いっしょに外へ出た。

いつのまにか、雨は熄《や》んでいる。

狭い露地を囲う塀のうえに、わずかに欠けた月が輝いていた。

「どうしても行くのか。ひと晩だけでも泊まっていったらどうだ」

「いいや、ここで甘えたら元の木阿弥さ。ひと晩が二晩になり、二晩が三晩になり、葛籠家の家宝がまた消えてしまうかもしれぬ」

「盗られるほどのお宝はないさ」

「それがいちばんだ。ともあれ、いろいろ世話になった。さらば、友よ」

桃之進は膝を繰りだし、黙って手を差しのべた。

猪俣の手を固く握り、袖口に小判を二枚落としてやる。

「こ、これは」

「餞別《せんべつ》だよ。岩吉から奪ったのさ。あと二両あるが、そいつは奈津どのの眠る円満寺の住職に届けておく。永代供養の一部にしてもらうつもりだ」

「すまぬ」

猪俣は深々と頭を垂れ、泣きながら踵《きびす》を返した。

露地に射しこむ月影が、震える背中を照らしだす。

「いぼ俣よ、これで終わりなのか。終わりにしてもよいのか」

切ないおもいで囁きかけても、返事は戻ってこない。

猪俣軍兵衛の消えた四つ辻には、小さなつむじ風が舞っていた。

二章　恨み骨髄《こつずい》

一

猪俣軍兵衛は去り、後家貸し殺しもうやむやになった。

卯月《うづき》（四月）の終わりから降りはじめた雨は、十日経っても降りやまず、江戸じゅうを水浸しにしている。

「出水《でみず》が心配ですな」

馬面の馬淵斧次郎がぽつりと漏らし、狸顔の安島左内も神妙に応じる。

「千住《せんじゅ》、浅草、小石川《こいしかわ》。いずれも昨秋の台風の際、出水で堤が切れました。ことに危ういのは、音羽《おとわ》の関口《せきぐち》付近ですな」

幕府は金蔵から普請費用を捻出し、普請奉行に土手普請や道普請や橋普請を指揮させているものの、遅々としてはかどらず、もはや、幕府などあてにされてはいない。水の被害を直に受ける町民や村人たちが金と人を出しあい、連日のように土嚢《どのう》づくりと土嚢の積みあげ作業を繰りかえしている。

そうしたなか、金公事《かねくじ》蔵に妙な訴状が紛れこんできた。

「じつは、取りあつかいに困っておりまして」

安島の差しだした訴状に、桃之進はざっと目を通す。

「金公事ではないな」

蚯蚓《みみず》がのたくったような字で、恨み言が連綿《れんめん》と綴《つづ》られている。

「本来なら、目安箱に投じるべき中味にござります」

「訴え人の名は、はちとあるが」

「ちと調べましたところ、音羽の四六見世で春を売る女郎でした」

年は十九、町家であれば嫁入り時の娘だ。木母《もくぼ》寺のさきにある関屋《せきや》村の庄屋治平《じへい》の一人娘であったが、半年前、借金のカタにとられ、岡場所に売られたのだという。

「庄屋の娘か」

「はい。ご覧のとおり、要領を得ぬ文面ですが、父の治平は普請奉行のせいで借金を負わされ、庄屋の地位を逐《お》われたばかりか、高利貸しに身ぐるみ剝がされ、一人娘まで奪われたあげく、気鬱《きうつ》の病になったとあります」

「凄《すさ》まじいのは、そのさきだな」

「気鬱がこうじて、先祖伝来の鎧《よろい》を食いはじめた」

「ふむ。鎧を食うとは、どういうことであろうな」

「食えばまず、歯が欠けましょう」

「何かの喩《たと》えであろうか」

「はてさて。ご興味がおありなら、ここはひとつ、出向いて確かめられてはいかがでしょう」

「鎧を食っているかどうかをか」

「はい」

安島が眸子《まなこ》を爛々《らんらん》とさせる脇から、馬淵もめずらしく身を乗りだしてきた。

「葛籠さま、拙者も確かめてみる価値はあろうかと存じます」

「ほほう、おぬしまでそうおもうのか」

鎧を食う男など、なかなかお目に掛かれるものではない。

桃之進は安島に命じ、さっそく蓑《みの》と笠の仕度をさせた。

二

中食《ちゅうじき》を待たず、三人は蔵を空けた。

どうせ訪ねてくる者はいないので、留守番を置く必要もない。

三人は柳橋の小見世で蕎麦《そば》をたぐり、そのまま、桟橋《さんばし》から渡し船に乗った。

雨はいっこうに熄《や》む気配もなく、空は鉛色の雲に閉ざされている。大川は轟々《ごうごう》と流れ、土手から見下ろすと恐ろしいほどだが、船を使ったほうが大橋を渡って墨堤《ぼくてい》を歩くよりも遥《はる》かに早い。

「旦那方、死ぬ気で漕《こ》ぎやすよ」

年嵩《としかさ》の船頭は漕ぎだしてからそう叫び、いたずらに不安を煽《あお》った。

仕舞いには流れに抗しきれず、安島と馬淵ばかりか、桃之進までが手伝わされるはめになった。周到にも、小船には櫂《かい》が三本用意してあったのだ。

「旦那方、死ぬ気で漕ぎなせえ」

「こんにゃろ」

「くそったれ」

みなで必死に櫂を漕ぎつづけ、どうにか到達することのできた対岸は、大橋にほど近い百本杭《ひゃっぽんぐい》だった。釣り場として知られているが、水死体がよく流れつくところでもある。

「けっ、歩いてきたほうが早かったじゃねえか」

安島は悪態を吐いた。

桃之進は疲れきって口も利けない。

どうにか体力を戻すと、三人は川沿いの道を歩きはじめた。

関屋村は隅田川《すみだ》と綾瀬川《あやせ》のぶつかる鐘《かね》ヶ淵《ふち》に近い。千住宿は目と鼻の先で、向両国からは気の遠くなるほどさきだ。

雨に烟《けぶ》る本所の御竹蔵《おたけぐら》を右手に眺め、畝々《うねうね》と繋がる武家屋敷の塀沿いに進んだ。

吾妻橋《あずま》を越えて水戸《みと》藩邸、三囲《みめぐり》稲荷、長命寺《ちようめい》と過ぎていく。

花見の時節なら短く感じる墨堤も泥濘《ぬかるみ》にかわっており、くるぶしまで泥水に浸かってしまった。

半刻余りも歩きつづけると、ようやく木母寺がみえてきた。

渡しの桟橋は流されており、梅若塚《うめわか》のある木母寺の杜《もり》は水上に浮かんだ小島のようだ。

「このまま降りつづいたら、川沿いの田圃《たんぼ》は水浸しになりますな」

安島も馬淵も、恨めしげに曇天を睨みつけた。

八つ（午後二時）前というのに、あたりは夕暮れのようだ。

三人は寺領を突っきり、関屋村へ踏みこんだ。

「どうにか、着きましたな」

鎧を食う男はみてみたいが、これほど大変な目に遭うとわかっていたなら、二の足を踏んでいたにちがいない。

関屋村は大川と綾瀬川に挟まれ、昨秋の台風で堤が何ヶ所か切れたために甚大な被害を受けた。村一帯は米だけでなく、葱《ねぎ》や茄子《なす》などの献上品を産することでも知られている。梅雨の増水期までに堤を修復しなければ、最悪の事態になることは火をみるよりもあきらかで、幕府としても公金を投じて普請する必要に迫られていた。

庄屋の治平は私財を擲《なげう》ち、普請に携わる黒鍬者《くろくわもの》の手間賃を払った。不足分は高利貸しから借りてまでして、どうにか普請をやり遂げたのだ。にもかかわらず、お上から約束の対価が支払われることはなかった。そのせいで借金を返済できず、治平は家屋敷ばかりか一人娘まで奪われてしまった。

安島は眸子を潤《うる》ませる。

「悲惨なはなしですな」

「ふむ。平らに治すと書いて治平か。皮肉なもんだ」

不運な男の居所は、鎮守《ちんじゅ》の杜を抜けた雑木林のなかにあった。

家屋は古い百姓家で、なかばくずれかけてはいるものの、治平を哀れにおもう村の年寄りたちが交替で世話を焼いているらしい。居所を教えてくれたのも、そうした年寄りのひとりで、村を救ってくれた庄屋がうらぶれてしまったことを嘆《なげ》いていた。

何人かに聞いてまわったが、誰もが「治平は徳のある人物だ」と口を揃《そろ》える。

ともあれ、年寄りたちのおかげで、治平はどうにか生きながらえていた。

荒《あば》ら屋を訪ねてみると、腰のまがった梅干し婆に出迎えられた。

「あいや、お役人さまかえ」

「ふむ、北町奉行所の者だ」

「ひょえ」

老婆は腰を抜かしかける。

桃之進はからだを支えてやり、優しい口調で名を尋ねた。

「たねじゃ」

「ほう、おたねさんかい」

「そうじゃ。耳は聞こえるが、右目がようみえん」

なるほど、閉じかけた右目は灰色に濁っている。

上がり框《がまち》の向こうは八帖大の板間で、片隅が衝立《ついたて》で仕切られていた。

耳を澄ませば、青黴《かび》の生えた衝立の向こうから、がりがりと異様な物音が聞こえてくる。

「治平か」

「そうじゃ。鎧を齧《かじ》っておられるのさ」

「まことかよ」

三人は草履を脱ぎ、先を争うように板間を横切った。

衝立の裏を恐る恐る覗いてみれば、骨と皮だけになった男が鎧を齧っている。

「まるで、干涸《ひか》らびた鯣《するめ》だな」

鯣男は飛びでた眸子を爛々とさせ、黒糸威《おど》しの大袖や草摺《くさずり》を噛みちぎっては齧り、むしゃむしゃ咀嚼《そしゃく》しては呑みこんでいく。

呆気にとられた三人には、まったく気づいていない。

「もはや、人ではございませんな」

安島が呆れたように漏らした。

「恨みのせいで、ああなったのじゃ」

いつのまにか、おたね婆が後ろに立っている。

「可哀想で、みておられぬわい。村人のために尽力なされたにのう」

「婆さん、ちと詳しく事情を教えてもらえぬか」

桃之進が尋ねると、おたね婆はそっぽを向いた。

「おら、何も知らねえよ」

「まあ、そう言わずに」

老獪《ろうかい》な安島が一朱金を摘みだすと、おたね婆は素早く奪いとった。

「もとはといえば、おろちの底成《そこなり》がわるいのじゃ」

「おろちの底成、何だそりゃ」

「おろちが綽名《あだな》で、底成が名じゃ。黒鍬者の頭だったらしいが、わしは信じねえ。二度ほど目にしたが、みるからに悪党面をしておったわい」

おろちの底成は、元請けから五百両で関屋村の土手普請を請けおった。治平は合力を頼まれ、村の若者たちを集めて普請を手伝った。ところが、三日目の朝、底成は請負金を携《たずさ》えてすがたを消した。

しばらくして、治平は普請奉行から呼びだしを受け、普請の完遂を依頼された。幕府の体面を保つためだと泣きつかれたが、村人たちだけでは手に余る。手間賃を払って黒鍬者を大勢雇わなければ、期限までに完成できない。と、そうやって伺《うかが》いをたてると、手間賃などの費用は公金から拠出する旨、普請奉行から確約された。

証文や覚書のたぐいは発行されなかった。武士に二言はないということばを信じ、治平は土手普請を神無月《かんなづき》（十月）の終わりまでにやり遂げた。にもかかわらず、慰労のことばもなければ、立替費用が支払われる気配もない。

何度も掛けあってみたが、普請奉行は会ってもくれず、借金までして費用を工面した治平は崖《がけ》っぷちに追いこまれた。

「庄屋さまは、お上に騙《だま》されたのじゃ。この村に、治平さまの替わりはいねえ。堤はできたものの、村はばらばらになってしもうたわい」

おたね婆は、薄汚れた袖口で涙を拭いた。

治平は一心不乱に鎧を食いつづけ、血の涙を流しはじめた。

三

関屋村の土手普請に関わる経緯を調べようと、桃之進は勘定所へ足を向けた。

発注元の普請方に知りあいはいないため、出金をおこなった古巣を探ろうとおもったのだ。

勝手に入るわけにもいかないので、元の上役だった組頭の山田亀左衛門に頼み、詳しい掛かりを紹介してもらう約束をとりつけた。山田はお人好しで、上役には絶対服従の小心者だ。こちらは何ともおもっていないのに、奉行所に転出させたことを申し訳なく感じており、たいていの願い事は聞いてくれる。

「おう、葛籠、息災《そくさい》にしておるか」

「は、こたびはお骨折りいただき、まことにかたじけのうございます」

「何の。わしは常々、おぬしのことを案じておる。居なくなってはじめて、人の価値とはわかるものよのう。向こうから請われて転出におよんだとは申せ、わしがきっぱり拒んでおれば、百石の減封にならずに済んだものを。栗毛の馬まで売ったそうではないか。苦労しておるようだな」

「いいえ。ご心配にはおよびませぬ」

「おう、そうか。そのことばを聞いて安堵したぞ。で、本日は土手普請の調べであったな」

「は。たいしたことではないのですが、金公事に呼びつける貸し手が黒鍬組の頭なもので。素性を知るうえで参考にしたいと」

適当な嘘を吐いても、山田に疑われる心配はない。

「参考になるかどうかはわからぬが、そのあたりに詳しい者を呼んである」

「お手数をお掛けいたします」

「ほかならぬ、のうらく者の願いじゃ。耳をふさぐわけにもいくまいて。ちと、待っておれ」

「は」

畳に平伏し、ふんぞり返った山田を見送った。

通された部屋は八畳大の控え部屋で、三方は白壁に囲まれている。

救いといえば、床の間の花入れに石榴《ざくろ》の花が飾ってあることだった。

しばらく待たされたのち、山田は蒼白い顔の痩《や》せた男をしたがえて戻ってきた。

「すまぬ、待たせたな。末松丈太郎《すえまつじょうたろう》じゃ。今年からわしの配下になったが、昨年までは土手普請や橋普請などの入札に関わっておった」

「入札に」

「さよう。末松に尋ねれば、たいていのことはわかる。重宝《ちょうほう》な男さ。わしはちと忙しいのでつきあえぬ。あとは、ふたりでよろしくやってくれ。さればな」

山田が居なくなると、末松は落ちつきを失いはじめた。

煩雑《はんざつ》な役目を押しつけられ、いつも損ばかりしている。

算盤《そろばん》には秀でているが、上役には毛ほども逆らえない。

この手の男は、勘定方にけっこう多い。

「末松どの、お忙しいなか、恐縮でござる。拙者も一年前までは勘定方に在籍しておりましてな。拙者の綽名を、お聞きおよびであろうか」

「のうらく者」

「さよう。こちらでは窓際に座らされておったが、向こうでは蔵に閉じこめられておる。金公事方なんぞという、あってもなくてもよい役目に就かされておるのよ。されど、役目は役目、懸命に取りくまねば、こんどは甲府あたりへ流されるやもしれぬゆえ、こうして足を運んだ次第だ。ちなみに、末松どのはおいくつか」

「三十です」

「わしと四つちがいか。若々しくみえるな」

「そうですか」

線が細いので貧弱にみえるだけだが、適当に持ちあげておく。

「渓流《けいりゅう》に泳ぐ若鮎《わかあゆ》のようじゃ。わしなんぞはさしずめ、泥水を啜《すす》った鮒《ふな》か鰻《うなぎ》であろうな。ぬこここ」

「あの」

「何じゃ」

「喩《たと》えがよくわかりませぬが」

「すまぬ。本題にはいろう。昨秋の出水で甚大な被害を受けた関屋村の土手普請について伺いたい」

「関屋村」

末松は、ごくっと唾《つば》を呑む。

「何か、まずいことでもお聞きしたであろうか」

「い、いいえ」

「されば、よろしく」

「はあ」

末松はやや俯《うつむ》き、こちらと目を合わせずに喋りはじめた。

「関屋村の土手普請は、墨田《すみだ》村、須田《すだ》村、若宮《わかみや》村、寺島《てらじま》村とともに五ヶ村にわたる普請の一環としてなされたものです」

「ほう、五ヶ村か」

普請奉行の江頭内匠頭《えがしらたくみのかみ》が仕切り、大普請として一般の入札に掛けられた。四千両で落札したのは、本所《ほんじょ》一ツ目の口入屋、辰巳屋惣五郎《たつみやそうごろう》である。

「四千両」

「はい。辰巳屋が元請けになり、黒鍬者を抱える手配師たちに下請けをやらせたやに聞いております」

普請期間は葉月《はづき》（八月）中旬から神無月の終わりまで、二ヶ月半の短期集中となるので、黒鍬者を大量に動員しなければ完遂できない。期間の制約が厳しいので、支払条件はかなり緩く、前渡金五割、普請終了直後に五割という内容だった。

すなわち、辰巳屋は普請に取りかかる段階で、すでに、二千両もの公金を手にしたことになる。

「元請けの辰巳屋は、村単位で下請けを募ったのであろうか」

「おそらくは」

「すると、下請けは全部で五人ということだな。関屋村の普請を請けおったのは、おろちの底成という元黒鍬者の頭らしい。その名に聞きおぼえは」

「下請けの名までは、存じあげません」

末松の唇《くち》もとが、微かに震《ふる》えている。

嘘を吐いているなと、桃之進は察した。

「されば、底成が請けおった金額も知らぬと」

「下請けの差配は、すべて元請けの裁量に任されます」

「されば、教えてやろう。おろちは五百両で土手普請を請けおったと聞いた。ちと、安すぎるとはおもわぬか。一ヶ村が五百両と仮定して、ぜんぶで二千五百両。そうであったとすれば、辰巳屋は千五百両を抜いたことになる。どうせ、普請は下請けに丸投げなのだろう。下請けを集めただけで千五百両を手にしたというのなら、ぼろい商売といわねばなるまい」

「わたしにそのようなことを言われても」

「すまぬ。つい、貧乏人のひがみ根性が出た。出納《すいとう》掛かりのおぬしを責めても詮無いはなしだ。それにしても、苦労もせずにぼろ儲《もう》けしている連中がいるかとおもうと、腹が立って仕方ないな」

「はあ」

「さて、ここからが本題だ」

桃之進は、ぐっと身を乗りだす。

「関屋村では、まずいことが起こった。下請けのおろちが金を握って逃げたのだ。その一件は聞きおよんでおろうか」

「しかと聞いてはおりませぬが、関屋村については普請奉行の江頭内匠頭さまより、追加の費用請求があったやに記憶してござります」

桃之進は、ぴくっと片眉を吊った。

「金額は」

「五百両」

「何だと」

追加金の五百両は、おろちに盗まれた費用の穴埋めとして請求されたのだろうか。本来ならば、元請けの責任で負担すべきところ、どさくさに紛れて出金手形があげられたと邪推できなくもなかった。

しかも、追加の五百両は本来、土手普請を引きついだ庄屋の治平に支払われるべきものだが、支払われた形跡はない。

いったい、それだけの金がどこにいってしまったのか。

「五百両の追加は、組頭や吟味役のほうで可否の裁定をせなんだのか」

「しておりません」

「妙なはなしだな」

金額の多さといい、出金理由といい、裁定もせずに通る内容ではない。

もしかしたら、出金手形が偽造されたのではないか、という懸念が忽然《こつぜん》と浮かんできた。

「出金手形をつくったのは、どなたであろうか」

「赤西弥助《あかにしやすけ》どのにございますが、年明け早々お辞めになりました」

「え、辞めた。勘定方を辞めたと申すのか」

「はい。体調がおもわしくないとのことで」

嗣子《しし》に家督も譲り、若隠居したのだという。

辞めたという一点だけみれば、猪俣軍兵衛と同じではないか。

「赤西弥助の上役は、どなたかな」

「鮫島外記さまですが、何か」

「いや」

鮫島外記といえば、猪俣軍兵衛や長谷川蔵人の上役でもあった人物だ。

野心旺盛な切れ者で、勘定吟味役の地位を狙っているとの噂もある。

「葛籠さま、なぜ、赤西どのや鮫島さまのことをお尋ねになるのです」

「それもそうだ。ときに、おぬし、妻子は」

「独り身にござります」

重い病を患った母を抱えており、ここ数年、浮いたはなしもないらしい。

「それは困ったな」

「いいえ。宿命にござります」

「宿命か」

どこか冷めたところのある末松が、少しばかり気になった。

桃之進はそれ以上の詮索をやめ、礼を述べて勘定所をあとにした。

四

桃之進は、音羽の岡場所へ足を向けた。

必死のおもいで訴え状を綴った娘に会いたいとおもったのだ。

神田《かんだ》川から枝分かれし、西に向かってくねくねと蛇行する江戸川に沿って進み、江戸川橋の北詰を突っきって目白《めじろ》不動へ向かう。

おはちの拠《よ》る岡場所は寂《さび》れたところで、悪臭のただようどぶ板通りには四六見世がぎっしり並んでいた。歯の抜けた女郎たちが安い値で男をくわえこむところで、この世の地獄といえなくもない。

十九の娘が耐えられる場所ではないなとおもいつつ、桃之進は朽《く》ちかけた門を抜けた。

「うっ」

行く手に、大きな壁が立ちふさがった。

見上げれば、禿頭《とくとう》の入道が立っている。

「旦那、おひとりですかい」

「ああ」

ひとりだとわかった途端、男は横柄な態度に変わった。

「いってえ、誰にご用事で」

「おぬしは何だ」

「あっしですかい。へへ、音羽の助右衛門《すけえもん》の用心棒で、昇竜丸《しょうりゅうまる》と申しやす」

「元相撲取りの通り者か」

「まあ、そんなところで」

「ここの抱え主は、その音羽の何たらなのか」

「とんでもねえ。こんなちんけな四六見世なんざ、鼻にも掛けちゃおりやせんぜ。この抱え主は、おこうっていう糞生意気な大年増でね。そいつからみかじめ料を貰いにきたんでさあ」

「要するに、おぬしは岡場所に寄生する壁蝨《だに》というわけだな」

「へへ、旦那あ。あっしを怒らせたら、後悔しやすぜ」

「ほう、やけに強気ではないか」

「岡場所の迷路に迷いこんだら、身分の差なんざあってねえようなもんだ。役人のひとりゃふたり死んだところで、ここの連中は訴えやしねえ。あっしはね、大きい声じゃ言えねえが、片手に余るほどの人間を撲《なぐ》り殺しているんでやすよ」

「それが事実なら、三尺高え木のうえに縛りつけにゃなるめえ。ま、おぬしなぞ、どうでもよい。どいてくれ」

「ちっ」

舌打ちする大男の脇を擦りぬけると、化粧気のない年増が懐手で近づいてきた。おこうのようである。

「旦那、気をつけたほうがようござんすよ。あのでかぶつ、頭に血がのぼったら何をしでかすか」

「肝《きも》に銘《めい》じておこう」

「こういうところは初めてですか」

「まあな」

「小銀杏髷《こいちょうまげ》じゃないってことは町奉行所の同心でもないし、ひょっとして、女郎を買いにいらしたの」

「いいや。おはちに会いにきた」

「さすが、お目が高い。おはちはこの見世で一番の稼ぎ頭なんですよ」

おこうは、お歯黒を剝いて不気味に笑う。

後ろから、七つほどの洟垂《はなた》れが駆けてきた。

「おっかさん、腹あ減った」

どうやら、息子らしい。

名は良太《りようた》といい、賢《かしこ》そうな面立ちをしていた。

この子が母親に内緒で、おはちの訴え状を届けてやったのかもしれないと、桃之進はおもった。

「姐《あね》さんは臥《ふ》せっているよ」

良太によれば、おはちは流行風邪《はやりかぜ》をこじらせ、三日前から寝ているという。

狭苦しい部屋を訪ねてみると、饐《す》えた臭いが鼻をついた。

「おはち姐さん、お役人さまがおみえだよ」

良太は大人びた口調で呼びかけ、風のように去った。

狭い戸口へ鼻を差しこむと、瘦せた女が褥《しとね》から上半身を起こす。

「わしは北町奉行所、金公事与力の葛籠桃之進だ」

「へえ……ごほっ、ごほっ」

「辛そうだな。出直してこようか」

「い、いえ。もう、熱は下がりましたから」

真っ赤な顔をしかめ、おはちは苦しげに嘘を吐く。

「起きずともよい。寝たままで聞いてくれ。おぬしの訴え状を読ませてもらった」

「え、まことですか」

「嘘は言わぬ。関屋村へも行ってきたぞ」

「わざわざ、ご足労いただいたので。あ、ありがとう存じます」

「ふむ」

「おとっつぁんは、どのような様子でおりましたでしょうか」

「鎧を食っておった」

「やっぱり」

おはちは、がっくり肩を落とす。

「恨みのせいで、ああなっちまったんです」

「相手は、普請奉行の江頭内匠頭さまか」

「はい」

「恐れ多いことだぞ。普請奉行を訴えるなどと、前代未聞の所業だ。確たる証拠もなしに訴えたとあれば、磔《はりつけ》獄門《ごくもん》は免《まぬか》れまい」

「承知のうえにござります」

「死を覚悟で綴ったと申すか」

「はい」

潤んだ瞳に嘘はない。強い意志が宿っている。

「されば、今いちど、おぬしの口から聞きたい。何があった」

「ごほっ、ごほっ」

おはちは辛そうに咳《せき》をしながら、褥をふたつに折りたたんで正座した。

「昨秋、野分けの去ったあとに綾瀬川の堤が切れ、田畑が水に浸かりました。おとっつぁんがお上に惨状を訴えでたところ、ありがたい土手普請のおはなしがあり、底成という者が村にやってきたのでござります。自分は黒鍬者の元頭で、こたびの普請をお上から請けおった。村人を集め、無償で合力せよと頼まれ、おとっつぁんは自分たちの村のことでもあり、一も二もなくお受けしました」

それから三日後、おろちの底成は黒鍬者に支払うべき手間賃を抱え、どこかに行方をくらました。普請は中断を余儀なくされたので、治平が困って普請奉行に訴えでたところ、追加の普請費用を出すので堤の修復をつづけてくれと頼まれた。

「当座の手間賃をまかなうべく、その場で百両のお金を手渡され、残りの四百両は普請が済んだあとに必ず払うと約束されたそうです。御奉行さまに頭を下げられたら、断ることなどできようはずもありません」

治平は普請奉行のことばを信じ、外から黒鍬者を大勢雇った。なにせ、期限も近づいていたので、昼夜を徹して堤を築かねば間に合わない。手間賃は日払いで、滞《とどこお》ると黒鍬者は働かなくなる。百両は瞬く間に消え、治平は家屋敷を担保にして金を借りねばならなかった。

「金繰りに困りはじめたころ、まるで、狙っていたかのように高利貸しが訪ねてまいりました」

いくら断っても、毎日通ってきては「借りろ借りろ」としつこく迫る。治平はついに根負けし、高利の金を借りることにした。正直なところ、背に腹はかえられない情況だったのだ。

「紅葉も深まったころ、どうにか普請は終わりました」

さっそく、治平は立替費用を支払ってもらうべく、普請奉行のもとを訪ねた。ところが、門前払いにされた。

何度も掛けあったが、奉行の江頭内匠頭は会おうともせず、やがて、借金の返済期限がきて、家屋敷から家財一式まですべてを失った。おまけに、一人娘のおはちも苦《く》界《がい》へ売られるはめになり、治平は築かれたばかりの堤のうえで悄然《しょうぜん》と立ちつくすしかなかった。

おはちが売られていく朝、治平は家宝として伝えられる黒糸威しの鎧を纏《まと》い、金貸しの手下どもに対峙《たいじ》した。娘を連れてはいかせぬ。連れていくというのなら、自分を殺していけと叫び、手にした鍬を振りまわしたという。

「わたしは、おとっつぁんの脚にしがみつきました。おとっつぁんが死ねば、自分も生きていられない。苦界に堕ちても生きてさえいれば、いつかきっと邂逅《かいこう》できる。年季が明けるまで、どうか、どうか、待っていてほしいと、泣きながら必死に頼みました。そうしたら、おとっつぁんは悲しげに微笑み、こっくり頷《うなず》いてくれたのです」

治平が気鬱になり、鎧を食っているというはなしは、客に化けてやってきた村の知りあいが教えてくれた。

「わたしには、おとっつぁんの口惜しさが手に取るようにわかりました。矢も楯《たて》もたまらず、訴え状をしたためたのでござります」

「抱え主の子に文使いを頼んだのか」

「は、はい。でも、良太は何も知りません。あの子に罪はないのです」

「案ずるな。おぬしにはまだ運が残っておった。訴え状が金公事方に紛れこんでおらなんだら、いまごろは縄を打たれておったろう。おぬしのはなしが事実だとしても、それを裏付ける証しはないのだからな」

「仰せのとおり、証しは何ひとつありません。普請奉行の口約束を信じたおとっつぁんが莫迦《ばか》だったと申せば、それまでにございます。されど、関屋村の治平は身代を投じ、お上の行うべき普請をやり遂げました。綾瀬川の土手普請で助かるのは、関屋村の人々ばかりではありません。墨田村も若宮村も鐘ヶ淵の渡しだって、恩恵をこうむるのです」

お上で費用を持つのが当たり前ではないかと、おはちは語気を強める。

「おとっつぁんは、塡《は》められたのだと申しておりました。勘定奉行と高利貸し、金を持って逃げた底成という男も、きっと裏で繫《つな》がっていたにちがいない。そう、申しておりました」

証しはないが、治平の勘は当たっているような気もする。

だからといって、不幸な庄屋の父娘を助けるのは至難の業だ。

町奉行所の与力が口を挟むことではない。普請奉行に不正があったとしても、それを暴くのは目付の役目なのだ。

金公事与力にできることは、がんばれと励ますことくらいしかない。

要するに、何もできないのといっしょだった。

「お役人さま、どうして、わざわざお訪ねいただいたのですか」

「ん」

どうしてかと聞かれても、訴え状を読んでしまったからとしか言いようがない。

あるいは、運命の糸に手繰りよせられてとでも応じておくべきか。

だが、そこまで深入りする理由もみつけられなかった。

「お役人さま、訴えは届くのでしょうか」

期待と不安を込めて、おはちは覗きこんでくる。

桃之進は横を向き、びゅっと手鼻をかんだ。

「おはち、正直に申せば、わしにできることは何もない。ただ、治平のことは気に掛けておくゆえ、おぬしもはやまったことだけはするでないぞ」

「は、はい」

おはちは、気の抜けたような返事をする。

「あの」

外に出掛けたところで、呼びとめられた。

「ん、どうした」

「じつは、訴え状を二通したためました」

「何だと。もう一通はどこへ届けたのだ」

「普請奉行のもとへ」

「げっ」

不吉な予兆が全身を貫《つらぬ》く。

そのとき、昇竜丸の怒声《どせい》が見世一帯に響きわたった。

五

怒声は、忽然《こつぜん》とあらわれた侍に浴びせられている。

「何だ、てめえは。女郎を引きぬこうってなら、おれさまが相手になるぜ」

昇竜丸と対峙しているのは、鎌槍を提げた浪人だった。

「う、あやつは」

桃之進は身を隠す。

片瀬元十郎にまちがいない。

「ふん、鎌槍か。どうせ、見かけ倒しだろうが」

昇竜丸は四股《しこ》を踏みはじめた。

どすん、どすんと、地響きが聞こえてくる。

「さあ、ぶちかましてやるぜ」

力自慢の元相撲取りは腰を落とし、はっとばかりに土を蹴りあげた。

片瀬は槍を構えもせず、悠然と待ちかまえている。

「そりゃ」

昇竜丸は巌《いわお》と化し、頭から突っこんでいった。

片瀬は鎌槍を旋回させ、右八相《はっそう》に構えなおす。

「すりゃ……っ」

短い気合いとともども、無造作に振りおろした。

刹那、昇竜丸の動きが止まる。

ずるっと、野太い胴体がずり落ちた。

「きゃあああ」

女たちの悲鳴があがる。

片瀬は何食わぬ顔で屍骸《むくろ》をまたぎ、ゆっくりと近づいてきた。

まるで、地獄から遣わされた死に神のようだ。

おはちの命を狙っているのだと、桃之進はようやく気づいた。
「おはち、こっちに来い。早く」
押し殺した声で呼ぶと、おはちは畳を這《は》ってきた。
痩せたからだを背負い、桃之進は外に出る。
暗がりへ逃れ、稲荷《いなり》の背後に隠れた。
おはちは荒い息を吐き、噎《む》せはじめる。
「ごほっ、ごほっ、ぐえほっ」
おはちの口を手で覆《おお》い、じっと物陰に潜んだ。
片瀬は血の付いた鎌槍を提げ、部屋をひとつひとつ覗いている。
そのたびに、女郎の悲鳴があがった。
桃之進の額には、脂汗《あぶらあせ》が滲《にじ》みだしている。
窮鼠《きゆうそ》になった気分だ。
みつかれば、命はない。
役人だろうが、与力だろうが、片瀬にはどうでもよかった。
誰が死のうとも、とばっちりを恐れて、訴えでる者はおるまい。
ばっさり斬られ、芥溜《あくただまり》に捨てられて終わり、昇竜丸と同じ運命をたどるのだ。

無論、一手交えて活路をひらく道はある。

ただし、策もなく挑んで勝てる相手ではない。

なまじ剣術をやっていただけに、相手の力量はわかった。

この太平の世の中で、鎌槍をあれだけ自在に使いこなせる者がいようとは、想像もできなかった。

片瀬は寸分の迷いもなく、昇竜丸を両断してみせた。

並大抵の胆力ではない。

人智を越える強靭《きようじん》さを目《ま》の当たりにした直後だけに、桃之進は名状しがたい恐怖に縛られていた。

平常心とはほど遠い。

このような気構えで、勝てるわけがなかった。

片瀬元十郎は、慎重に近づいてくる。

これまでか。

桃之進は一矢報いるべく、孫六の鯉口を切った。

と、そのときである。

小さい影が門のほうから、たたたと駆けてきた。

「良太」

おはちが叫びそうになったので、咄嗟《とっさ》に掌《てのひら》で口を覆う。

「おっちゃん、おっちゃん」

良太の呼び声に、片瀬は首を捻《ひね》りかえす。

「誰を捜しているんだい。ひょっとして、おはち姐さんかい」

「ああ、そうだ。どこにおる」

「ここにはいないよ。流行風邪をこじらせて、町医者に行ったのさ。何なら、案内してやろうか」

朽ちかけた門のそばで、母親のおこうが固唾《かたず》を呑んでいる。

少し間があり、片瀬は真顔で頷いた。

「よし、小僧、案内せい」

良太に導かれ、片瀬は門の外へ消えていった。

「助かった」

ほっと、桃之進は肩を落とす。

おもいがけない良太の機転に助けられたものの、おはちの命は今や風前の灯火《ともしび》だ。

「ここを出るぞ」

良太の身を案じるおはちの手首を握りしめ、桃之進はどぶ板のうえを引きずっていった。

六

後家殺しの疑いが掛かる片瀬元十郎の登場は、桃之進に驚きと衝撃を与えた。

おはちが命を狙われたのは、普請奉行に訴え状を届けたことに起因するのはあきらかだ。

なぜ、選ばれた刺客が片瀬でなければならぬのか。

そのこたえは、おはちが知っていた。

おはちの口から「天神の岩吉」という名が漏れたのだ。

治平のもとへ近づいてきた高利貸しとは、天神の岩吉にほかならなかった。

湯島を縄張りにする高利貸しが、どうやって、治平の窮状を知り得たのか。

高利の金を貸しつけて破産させたうえに、娘を岡場所に売りとばし、その娘が訴え状を書いたと知ると、子飼いの用心棒を送ってよこす。

こうした一連の流れは、普請奉行と裏で繋がっていなければ説明できない。

いずれにしろ、岩吉の名を聞いたからには放ってはおけなかった。

もちろん、証拠もなしに踏みこんでも、はぐらかされるだけだ。

まずは、事の真実を見極めねばなるまい。

桃之進は、木原店のおしんに頼んでおはちを匿《かくま》ってもらい、土手普請の裏に潜むからくりを探ることにした。

「黒鍬者は結束が強く、外部のものや役人には、けっして心をひらきませぬ。郷に入っては郷にしたがえ。黒鍬者の気持ちは、黒鍬者にしかわかりませぬぞ」

安島左内の助言にしたがい、桃之進はみずからも堤を築くべく、下雑司《したぞうし》ヶ谷《や》は宿《しゅく》坂《ざか》の砂利場までやってきた。

川の多い江戸ではいつも、そこらじゅうで堤の改修工事がおこなわれている。

朝未《まだ》きから、指定された南蔵院《なんぞういん》そばの草生した御堂まで来てみると、みすぼらしい恰好の馬淵が待っていた。

「七方出《しちほうで》のひとつ、黒鍬者にござる」

「探索方の変装術か」

「ふふ、拙者は山伏にもなれば虚無僧《こむそう》にもなる。はたまた、羅宇屋《らうや》に放下師《ほうげし》、ときに応じては物乞いにも変装してご覧に入れまする」

馬淵はかつて奉行直属の隠密《おんみつ》廻りをつとめ、酒の密造や古鉄売買や抜け荷といった悪事の探索をおこなっていた。こうした変装はお手のものだと自慢し、桃之進にも垢《あか》じみた鼠《ねず》色の着物を差しだす。

「さ、これにお着替えください」

髷も無造作に結いなおされ、顔にも煤《すす》を塗られる。

「まあ、こんなところでしょうか」

「ところで、安島はどうした」

「来ませんよ」

「何で。言い出しっぺは、あやつだぞ」

「ほかに、やらねばならぬことがあるとかで。よしなにお伝え願いたいと、さように申しておりました」

「けしからぬやつだな」

「ま、仕方ありますまい」

暢気《のんき》な馬淵に誘われ、宿坂を登っていった。

黒鍬者が大勢集まっており、頭と呼ばれる差配師が「ひい、ふう、みい……」と頭数を勘定している。

「よし、まずは土嚢《どのう》づくりじゃ」

盛り土のなされたところまで足を運び、せっせと土嚢づくりに励んだ。

四半刻（約三十分）も経たぬうちに、桃之進の息があがってくる。

隣の五十男が「ちっ」と舌打ちをかました。

「おめえ、腰でもわりいのけ」

「い、いいや」

「だったら、もう少し要領よくやらんかい」

「すまぬ。不慣れなもので」

「はじめてかい」

「まあ、そのようなものだ」

「けっ、おめえみてえなのろまは、頭に目を付けられる。手間賃を貰い損ねるぞ」

桃之進は途方に暮れ、馬淵を捜した。

馬淵は遠くに離れ、何ひとつ教えてもくれず、黙々と作業を繰りかえしている。

桃之進は仕方なく、見よう見まねでやり方をおぼえ、せっせと作業に勤《いそ》しんだ。

できあがった土嚢は大八車に積みこまれ、どこへやらと運ばれていく。

中食《ちゅうじき》になった。

馬淵はどこにもいない。

桃之進は絹に命じ、握り飯を三個竹籠に入れて携《たずさ》えてきた。

握り飯を頰張り、竹筒から水を呑んでいると、さきほどの五十男がやってくる。

「銀舎利《ぎんしやり》か。飯だけは立派じゃねえか」

物欲しそうな顔をするので、竹籠を差しだしてやった。

「ひとつどうだ」

「いいのか」

「遠慮はいらぬ」

男は飯を美味《うま》そうに頰張った。

「わしゃ熊八《くまはち》じゃ。おぬしは」

「桃太郎《ももたろう》だ」

「本名か」

「ああ」

「ふふ、桃太郎にしちゃ力がねえな。どこの出だ」

「越後《えちご》さ」

と、嘘を吐く。

「お、そうかい。越後のどこだ。わしは十日町《とおかまち》よ」

まごついていると、熊八は勝手に喋りだした。

「二十数年前、出稼ぎにやってきて、そのまま江戸に居着いちまった。でもな、田舎《いなか》のことは片時も忘れたことはねえ。黒鍬者は雪国出身が多い。辛抱強くなきゃ、やっていられねえ商売さ。そっか、同郷かあ」

しばらくはなしを合わせていたが、すぐに中食は終わった。

「さあ、こんどは土嚢積みじゃ」

黒鍬者たちは大八車の尻につづき、ぞろぞろと坂道を降りていく。

たどりついたところは姿見《すがたみ》橋の東、川が大きく蛇行したあたりだ。

河原は川の下に沈み、汀《みぎわ》の幅も狭い。

「このあたりは雨がつづくと、かならず切れる。今日から五日掛けて、汀に土嚢を積みあげるのさ」

地べたに転がった土嚢を持ちあげ、堆《うずたか》く持ちあげていく。

想像しただけでも、気の遠くなる作業であった。

「ここは手間賃がいいから、きっちりやる」

「おいおい、手間賃で積み方がかわるのか」

「そりゃ、そうさ」

桃之進の問いかけに、熊八はあっさりこたえた。

「適当に積んで、崩れたらどうする」

「ふっ、また積みゃいい」

「そんなものなのか」

「ここはきっちりやって、あっちは手を抜く。そのあたりは、あうんの呼吸でな、差配師もちゃんとわかってやってらあ。さあ、無駄口は仕舞えだ」

桃之進は熊八に叱られながら、汗みずくになって土嚢積みをつづけた。

馬淵斧次郎のすがたはどこにも見あたらず、捜す気力すら失《う》せてしまう。

土嚢を持ちあげ、隙間無く積みつづけ、気づいてみれば、あたりは薄暗くなっていた。

「もうすぐ暮れ六つ(午後六時頃)かあ。これで日中の普請は仕舞いじゃ」

「え、夜もあるのか」

「あたりめえだろ。夜が本番よ。さあ、たんまり稼ごうぜ」

夜陰に乗じて逃げる算段を考えたが、矜持《きょうじ》が邪魔をして逃亡を許さない。

ここで逃げたら、戦場から逃げる足軽も同然、打ち首になっても文句は言えない。

などと、大袈裟に考える厄介《やっかい》な癖が顔を覗かせ、自分で自分が嫌になってくる。

暗くなると、熊八の口数は減った。

汀には篝火《かがりび》が点々と灯《とも》り、夜の川を不気味に映しだす。

川縁の風景は、昼と夜とでは別物だ。

桃之進は、闇の一部になってはたらいた。

仮眠もとらずに黙々と土嚢を積みあげ、気が遠くなりかけたころ、東の空がうっすらと白んできた。

乳色の靄《もや》がたちこめてくる。

雀の鳴き声を聞いていると、幕でも引くように靄が晴れていった。

「おお」

目の前には、土嚢の高い壁が立ちあがっている。

およそ半町にわたって連なる壁は壮観で、おもわず、小躍りしながら高みへ登っていった。

「ふはは、よい景色だ」

桃之進は川を見下ろし、ぐっと背伸びをした。

「まだ二割しかできてねえぞ」

と、下から熊八が叫ぶ。

あと四昼夜、同じ作業を繰りかえさねば堤は完成しないと知り、桃之進は吐きそうになった。

「おめえにゃ無理だ。やめたほうがいい。素人《しろうと》は腰にくるからな」

熊八の言ったとおりになった。

作業から解放され、南蔵院そばの御堂まで戻ってきた。

板間でひと眠りして起きようとしたが、からだは石にかわっていた。

腰が悲鳴をあげている。

「ようやりましたな」

かたわらには、いつのまにか、馬淵が暢気な顔で控えていた。

「何なら、揉《も》んでさしあげましょう」

背中を揉まれると、時折、激痛が走った。

「おぬしは、平気なのか」

「ええ。拙者はほとんど、作業をしておりませんので」

「何だと」

「葛籠さまがあれほど一所懸命になられるとは、おもいもよりませんでした。何やら楽しげで、お声を掛けるのもはばかられましてな」

「この野郎。わしを遠目から眺め、楽しんでおったな」

「滅相《めっそう》もない。黒鍬者の働きぶりを味わっていただいただけでも、大いに意味はあったとおもわれます。このまま、完成まで作業をおつづけになれば、きっと腰に粘りが生まれましょう」

片瀬元十郎と対峙する気があるなら、たしかに、腰の粘りは重要だ。

「おぬし、煽《あお》っておるのか」

「いいえ」

「冗談じゃない。こんなことを四昼夜もつづけたら、身が持たぬわい」

と言いつつも、一方では挑んでみたい気持ちもある。

仕舞いまで土嚢積みに関わり、堤の完成を目にしてみたい。

ここで投げだしたら、昨日からの働きが無駄に終わってしまうような気がしてならなかった。

七

桃之進は探索という本来の目的を忘れ、土嚢積みにのめりこんでいった。

家人は朝方になると疲れきった様子で帰ってくる当主に奇異な目を向けたが、ただの心配はしてくれない。絹は握り飯を作る以外は何もせず、ほかの連中は腫《は》れ物に触らぬようにと声も掛けてくれない。気楽な一方で、淋しくもあった。

陽気でちゃらんぽらんな弟の竹之進だけが、何かと喋りかけてくる。

「兄上、何やらお窶《やつ》れのご様子ですぞ。金公事がそれほど忙しいともおもえませぬがな」

「ああ」

ぞんざいに対応してやると、下司《げす》の勘ぐりを入れてきた。

「なるほど、あれですか」

「あれとは何だ」

「廓《くるわ》ですよ」

「冗談ではない」

「それなら、妾《めかけ》でも囲いましたか」

不肖《ふしよう》の弟はにんまり笑い、親しげな様子で顔を近づけてくる。

「応援しますよ。兄上は糞真面目でおもしろみに欠ける。少しは人生の楽しみをおぼえたほうがいい」

「冗談ではないと言うておる」

「隠し事はなしですよ。姉上には申しあげませんから、ご安心くだされ。されど、のめりこんではいけませんぞ。おなごとは恐ろしい生き物にござる。のめりこんだら破滅しますぞ。兄上のごとき融通の利かぬ堅物《かたぶつ》が危ういのです。お気を付けめされよ、あはは、あはは」

わけのわからぬ邪推《じやすい》を膨《ふく》らませ、竹之進は颯爽《さつそう》と夜の花街へ繰りだしていった。

居候の穀潰《ごくつぶ》しに意見され、この世の理不尽を感じたが、これも修行のひとつだとおのれに言い聞かせ、桃之進は黙々と土嚢を積みつづけた。

そして、ついに、完成を目にすることができた。

姿見橋の東、江戸川がうねるように蛇行する一帯には、半町にわたって高い壁が築かれた。鳥瞰《ちようかん》すればちっぽけな堤かもしれぬが、地べたから見上げてみれば堅固な擁壁《ようへき》にほかならない。

この壁には自分の汗も滲《にじ》みこんでいるとおもえば、何事かを達成したことの喜びを噛みしめずにはいられなかった。

「誇らしい気分だ」

堤の高みに立って日の出を拝みつつ、桃之進はしばらく忘れていた感動を味わっていた。


あいかわらず、雨は降りつづいている。

「葛籠さま、驚きました」

安島は濡れ鼠の恰好で、馬淵ともども金公事蔵に戻ってきた。

「馬淵氏と手分けして、五ヶ所村の普請を調べてまいりましたが、いずれも普請とは名ばかり、出水があれば即座に堤は切れましょう。とどのつまり、まともな普請がおこなわれたのは、治平のやった関屋村のみにござります」

各村の普請を請けおったのは、黒鍬者に顔の利く怪しげな連中だった。

おろちの底成のように公金を持ち逃げした者はいないが、実際に携わった黒鍬者に聞いてみると、支払われる手間賃があまりに少なすぎて、どうしても手抜きにならざるを得なかったという。集められた黒鍬者の数も少なく、関屋村の半分にも満たないと聞いて、安島は怒りをおぼえた。

馬淵のほうは、あくまでも冷静だ。

「葛籠さま、元請けの落札金額は四千両と申されましたな」

「ふむ」

「ご想像どおり、元請けは五人の下請けにたいして五百両ずつ、計二千五百両にて普請を丸投げいたしました。差引の千五百両は、まんま懐中《かいちゅう》に入れたことになります。一方、下請けは下請けで手間賃をできるだけ低く抑え、まともな普請もせずに公金を懐中に入れた。おろちの底成なる者が公金を携えて逃げなければ、こうした丸投げのからくりは露見しなかったでしょうな」

普請に託《かこつ》けた金儲けはほかでもやられている公算が大きいと、馬淵は言いたげだった。

「調べてみれば、同じような丸投げの事例はごっそり出てまいりましょう。されど、こうした大掛かりな悪事は、発注を受ける側の発想ではありませんな」

「発注する側、すなわち、普請奉行もからんでおると申すのか」

「御意《ぎょい》」

このたびの件に関して言えば、元請けの抜いた千五百両から、それ相応の金が普請奉行に還元されているはずだと、馬淵は断じきる。

「普請方のみならず、出金に関わる勘定方にも、おそらく、悪事に手を染めた者がおりましょう」

「そこだ」

関屋村の普請に関しては、普請費用として五百両の追加が認められた。盗まれた公金の穴埋めという事実が発覚すれば、発注者たる普請奉行も責任を問われる。本来なら、認められる性質のものではない。ところがなぜか認められ、きっちり出金も確認されている。にもかかわらず、治平にたいして支払われた形跡はない。

「どさくさに紛れて、出金をおこなったのでしょう」

と、馬淵は指摘する。

「偽の出金手形が作成されたのかもしれません」

桃之進は、猪俣軍兵衛のはなしを重ねた。

猪俣は五年前に切腹した長谷川蔵人ともども、何者かに命じられて出金手形を偽造したと告げた。このたびも、手形を偽造したと疑われる勘定方の役人がひとり、病を理由に役目を辞している。

「赤西弥助と申す小役人でしたな」

と、安島が聞いてくる。

「ふむ。赤西の上役は、猪俣軍兵衛や長谷川蔵人と同じ鮫島外記だ」

「鮫島が怪しいということになりますか」

勘定奉行である江頭内匠頭の要請を受け、鮫島外記が小心者の部下に命じて偽の出金手形をつくらせた。そうした筋が透けてみえる。

「金を出すほうと貰うほうが、あうんの呼吸で黙っておれば、存外に露見するのは難しい。五百両を山分けした連中の高笑いが聞こえてくるようだな」

無論、元請けの辰巳屋惣五郎や天神の岩吉も裏で繋がっているのだろう。

「筋はみえてまいりましたが、証しは何ひとつありません」

安島も馬淵も、深々と溜息を吐いた。

「さあて、どこから手を付けたらよいものか」

この一件は深入りすると危ういと、直感が囁いている。

しかし、放っておくわけにはいかない。

毎年、出水で犠牲になる者は大勢いる。

災害の復旧に託《かこつ》けて私腹を肥やす連中がいるとすれば、どうあっても許すわけにはいかない。

風が巻き、蔵の窓から雨が吹きこんでくる。

「今年も出水で悩まされそうですな」

安島が、げんなりした顔でつぶやいた。

「葛籠さま、ここからさきへ踏みこんだら、後戻りはできませんよ。この一件は生半《なまはん》可《か》な心構えでは突っこめません。悪事の露見を防ぐべく、相手がどのような手段を講じてくるともかぎりませんからな」

片瀬元十郎の鎌槍が、ぶんと刃音を鳴らした。

だが、恐れてばかりもいられない。

「安島よ、おぬしには放っておくことができるのか」

「たしかに、夢見はよくありませんな。のう、馬淵氏」

「ふむ」

「何もせず、白髪《しらが》の隠居になってから悔やんでも遅い。ふふ、葛籠さま、どうなされます」

「そこまで煽っておいて、どうするもあるまい」

もはや、こたえは決まっている。

のうらく者の汚名を返上し、突っこむしかなかろう。

安島が狸顔を寄せ、楽しげに問うてくる。

「まずは、どのあたりから手を付けましょう」

「そうだな」

今のところ、もっとも籠絡《ろうらく》しやすい相手は、偽の出金手形を作成した疑いのある赤西弥助あたりだろう。

訪ねてみようかと、桃之進はおもった。

ところが、敵は先手を打ってきた。

八

翌朝、本所の百本杭に男女の死体を乗せた小船が流れついた。

男は勘定方の小役人で赤西弥助と聞きつけ、桃之進は急ぎ向両国まで走った。

そぼ降る雨のなか、百本杭の汀までやってくると、白装束を纏《まと》った男女の遺体が小船から移され、筵《むしろ》のうえに寝かされている。蒼白い顔の男は三十前後、濡れ髪が肌に張りついた女のほうはまだ若い。

ひとりごち、筵のそばに近づいた。

岡っ引きや小者のほかに、黒羽織を着た五十絡みの同心がしゃがんでおり、検屍をおこなっている。

桃之進は、同心の背中に身を寄せた。

「死因を教えてもらえまいか」

同心は振りかえりもせず、淡々と喋りだす。

「女は首を絞められ、男は脇差で首を掻いておりますな。これを」

と、持ちあげてみせたのは、二尺に足りない脇差であった。

「手首と手首が女の腰紐で結んでありました」

「やはり、情死か」

「さあ、どうでしょう。駆けだしのひよっこなら、そう断ずるかもしれませんな」

同心は首を捻り、にんまりと笑った。

目尻の深い皺《しわ》には、男の矜持も刻まれている。

「情死ではないと申すのか」

「ええ。紐の結び目があまりにきれいだったもので」

「ん、どういうことだ」

「男は女の首を絞めたあと、手首どうしを結びました。結ばれていたのは、女の左手首と男の右手首でしてな、男は利き手ではない左手で紐を結び、そのあと、同じく左手でのどを掻き切ったことになります」

「なるほど」

「ご覧のとおり、のどの傷は左に刺してから右に向かって掻かれたものでござる。左手ではたして、これだけの芸当ができるものかと」

「つまり、情死とみせかけた殺しかもしれぬと申すのか」

できなくはないが、まず無理だろうと、同心は身振り手振りをまじえて説明する。

「滅多なことは申しあげられません。幕臣殺しに首を突っこんだら、莫迦をみるだけのはなしでござる」

「放っておけと」

「そのほうが賢明でしょうな」

桃之進は同心の顔をみつめ、ふっと笑った。

「おぬし、おもしろい男だな。臨時廻りか」

「いいえ。橋同心の黒田七助《くろだしちすけ》と申します」

「なるほど、橋同心か。わしは金公事与力の葛籠桃之進だ」

「さようですか。ま、深入りなされぬほうがよろしいかと」

「肝に銘じておこう」

雨に打たれた男女の遺体は目を瞑《つむ》っていたが、今にも起きだしてきそうにみえる。

赤西弥助のぱっくりひらいたのどの傷口からは、白い骨がのぞいていた。

しょぼくれた橋同心は、首を突っこむなと告げたが、今さら後には引けないと、桃之進はおもった。


その夜。

飯田町の軍鶏源で熱燗を舐めていると、定町廻りの轟三郎兵衛が飛びこんできた。

「葛籠さま、女の素性がわかりました」

「お、そうか」

桃之進は三郎兵衛を呼びよせ、盃を持たせて酒を注ぐ。

すでに、軍鶏鍋の仕度はできていた。

「駒込白山の女郎で、名はおりん。何とこのおなご、五年前は勘定方の元役人に囲われておりました」

「勘定方の元役人だと。まさか、長谷川蔵人ではあるまいな」

「そのまさかです」

猪俣軍兵衛の説いたはなしによれば、長谷川蔵人は偽手形を作成して得た報酬で妾を囲っていた。その妾が、赤西弥助と情死したかにみせかけられた女であるという。

「よくぞ、突きとめたな」

「じつは、わたしの手柄ではありません。遺体を検屍した橋同心を訪ねたところ、教えてくれたのです」

「黒田七助か」

「いかにも。黒田どのは首を突っこまぬほうがいいと仰《おつしや》りながら、おりんの素性を教えてくれました」

「なるほど、あやつ、ほかにも何か知っていそうだな」

「これを縁に、いろいろご教授願おうかと」

「そうするがよい」

ともあれ、おりんと関わった勘定方の役人が、ふたりも非業《ひごう》の死を遂げた。

これは偶然ではあるまい。赤西弥助も長谷川蔵人同様、偽の印判を使って出金手形を偽造した。それが露見しそうになり、口を封じられたのではあるまいか。

自分がその原因をつくったのかもしれないと、桃之進はおもった。

末松丈太郎の蒼白い顔を浮かべてみる。

「あの男か」

末松が何者かに報告し、何者かが先手を打った。

とすれば、いちおうの筋は通る。

あるいは、ただの偶然か。

いや、そうではあるまい。

「おりんは、可哀想な女です」

軍鶏鍋を突っつきながら、三郎兵衛が漏らした。

「小役人を誑《たら》しこむ道具に使われたのではないでしょうか」

「かもしれぬ」

「じつは、もうひとつご報告があります」

「何だ」

「無残な殺され方をした長谷川蔵人の後家ですが」

「奈津どのか」

「はい。じつは、殺《あや》められた当日の足取りを調べなおしてみました。午刻《ひるどき》を過ぎたころ、少し気になる人物に会っております」

「誰だ」

「勘定方組頭筆頭、鮫島外記」

「何だと」

「たしか、五年前、長谷川蔵人の上役だった人物ですね」

「赤西弥助の上役でもある」

「なあるほど」

奈津は、猪俣軍兵衛に告げられたはなしが気に掛かっていた。夫のほんとうの顔が知りたい。その一念から、元上役の鮫島を訪ねたのだ。

「長谷川奈津は、夫の蔵人が不正をはたらいたすえに腹を切ったのではないかと糺《ただ》した。無論、鮫島は一笑に付したにちがいない。が、その夜遅く、奈津は無残な死を遂げた」

「口封じのために、刺客を差しむけられた。葛籠さま、ここはひとつ鮫島をしょっ引いて口を割らせますか」

「できるのか。おぬしに」

証拠もなく幕臣に縄を打てば、それだけで罪に問われる。

「自重《じちょう》せよ」

桃之進は三郎兵衛のみならず、みずからに言い聞かせた。

九

三郎兵衛の調べによれば、おりんの抱え主は湯島の高利貸しからたいそうな借金をしていた。

湯島の金貸しとは、天神の岩吉だ。

もしかしたら、おりんを使って小役人を塡めたのは、岩吉かもしれぬ。

長谷川蔵人も赤西弥助も、おりんの色仕掛けにしてやられ、悪事に手を染めた。裏で糸を引いていたのが、岩吉だった。殺しにも関与しているとすれば、見逃すことはできない。

桃之進は庭で木刀を振りながら、さまざまに考えをめぐらせた。

猪俣軍兵衛は、すべてを知っていたのだ。

長谷川蔵人とともに偽の出金手形をつくり、千二百両の公金を引きだした。

赤西弥助がやったように、普請費用の名目で引きだしたのかもしれない。命じたのは、上役の鮫島外記だ。鮫島の背後には普請奉行の江頭内匠頭の影が見え隠れしている。

ただし、それはすべて憶測にすぎない。

猪俣は、黒幕の正体を口にしなかった。

悪事のからくりは輪郭を帯びはじめたが、桃之進は逸《はや》る気持ちを抑えた。

片瀬元十郎の鎌槍が頭から離れない。

巨漢の昇竜丸を両断した手並みは、尋常なものではなかった。

一連の悪事を暴《あば》いていけば、いずれ、片瀬との対決は避けられないものとなろう。

柄が六尺まで伸張する鎌槍にたいし、二尺五寸の刀で挑むのは、いかに考えても無謀というしかない。

どうする、桃之進。

迷いを振りはらうべく、木刀を何百、何千と振りつづけた。

土嚢積みを完遂させた翌日からは、遠駆けもはじめている。

朝未きに起きだし、雨のなかをひた走るのだ。

御濠沿いの道を一周し、胸突《むなつき》坂をのぼりつめ、芝浦《しばうら》の浜辺を駆けまわった。

そのおかげで、強靭《きょうじん》な足腰が蘇《よみがえ》ってきた。

木刀を振りつづけても、息はあがらない。

腰がきまれば、太刀筋に捷《はや》さとキレも出てくる。

だが、長尺の鎌槍を撃破する妙案は浮かんでこない。

心の迷いを察したかのように、勝代が白胴衣の扮装《いでたち》で庭に降りてきた。

白鉢巻に襷《たすき》掛け、足には白足袋《たび》を履き、脇には穂先四尺の薙刀をたばさんでいる。

「やたっ」

勝代は気合いも鋭く、薙刀を振りまわした。

鬼気迫るものがあり、桃之進は生唾《なまつば》を呑みこむ。

「桃之進どの、いかがなされた。太刀筋に迷いがありますぞ」

「やはり、わかりますか」

「わからぬでどうする。母をみくびるでない」

「は、申し訳ござりませぬ」

「ひょえ」

勝代は半歩退き、薙刀を頭上でくるっと旋回させた。

石突きをこちらに向け、白刃を真上に向けたまま、ぴたりと静止する。

「みよ、高霞《たかがすみ》の構えじゃ。掛かってまいれ」

「へ」

「へではない」

相手は真剣、わずかな狂いが死を招く。

だが、桃之進は気合いに呑まれ、中段から突きかかっていった。

「ぬりゃ……っ」

四尺の白刃が、高みから落ちてくる。

「うわっ」

咄嗟に踏みとどまり、すっと首を引っこめた。

鼻面を掠め、白刃が猛然と通りすぎる。

「へやっ」

間髪を入れず、柄が撓《しな》りながら脇腹を襲った。

避ける暇もなく、腰骨のうえを叩かれた。

「うぐっ」

息が詰まり、蹲《うずくま》る。

「情けない。それで終わりか」

鼻先に仁王立ちした勝代が、腹の底から怒鳴りあげた。

「みくびるでないと申したであろうが。さあ、遠慮は要らぬ。懐中深く突きこんでくるがよい」

薙刀の白刃が、鎌槍にみえてきた。

勝代に勝たねば、片瀬元十郎を負かすことはできまい。

「邪念を捨てよ。死中に活を見出すのじゃ」

「は」

「突いてこい」

「まいります」

桃之進は起きあがり、木刀を青眼《せいがん》に構えた。

勝代はさきほど同様、高霞の構えをとった。

雨に烟《けぶ》る朧月《おぼろづき》が、庭を凄愴《せいそう》と照らしだしている。

勝代は肘《ひじ》を張り、胴をさらしながら、こちらを誘っていた。

刃の蒼白く光る薙刀は言うまでもないが、桃之進の握る木刀とて、打ちどころによっては致命傷になりかねない。

母と息子は自邸の庭で、真剣勝負を演じているのである。

この壁を乗りこえねばさきはないと、桃之進はおもった。
腰を落として躙《にじ》りより、じっくり間合いをはかる。
まわりの景色が闇に沈み、あらゆる感情も闇に溶けていく。
眼前で対峙する白装束の相手が、母親であることすら認識できなくなってきた。
「きぇ……っ」
自然と、気合いが迸《ほとばし》った。
素早く踏みこみ、桃之進は中段からのどを狙う。
刃風とともに、四尺の白刃が落ちてきた。
避けられない。
脳天を砕かれる。
咄嗟に、木刀を振りあげた。
——がつっ。
白刃ではなく、穂口のあたりに当たった。
瞬時に峰を返し、長い柄に沿って滑らせる。
そのまま、勝代の籠手《こて》を叩いた。
「うっ」

骨張った手から薙刀が落ち、勝代は両膝を突く。

我《われ》に返った桃之進は、木刀を抛《ほう》った。

「母上、だいじありませぬか」

勝代は震える指をさすり、毅然《きぜん》と顔を持ちあげる。

「だいじない」

痛そうな顔ひとつせず、満足げに微笑んでみせた。

「わたしの負けじゃ。無心にならねば、ああした技は繰りだせぬ」

「母上」

「敵はおのれの胸中にある。恐れじゃ。尺の差も力量の差も、ほんとうはたいした差ではない。おのれの胸に棲《す》む恐れさえ克服できれば、いかなる相手からも勝ちを拾うことはできる」

「か、かたじけのうござります」

「礼などいらぬわ」

勝代はくるっと背を向け、足袋を脱ぐや、ぴょこんと濡れ縁に飛びのった。

「母上」

桃之進は両手をつき、地べたに額《ひたい》を擦りつける。

抑えようとすればするほど、涙が溢れだしてくる。

それを気づかれまいとして、顔をあげることができなかった。

十

雨はしとしと降りつづいている。

――もえぎのかやあ。

木原店の露地裏に、間の抜けた蚊帳《かや》売りの声が響いた。

桃之進はおしんの見世で、昼間から熱燗を舐めている。

暖簾《のれん》は仕舞ってあるので、客が入ってくる心配はない。

病みあがりのおはちは隣の明樽に座り、さきほどから謝ってばかりいた。

目の下に隈《くま》をつくった顔が、ここ数日の心労を物語っている。

「ご安心なさいな。抱え主のおこうさんは、当面は戻ってこなくていいって言ってくれたんだから。文使いの男の子も刺客からまんまと逃げおおせたんだし、案ずることはないじゃないか」

「でも」

「ここなら、どれだけ居てもらっても構やしない。狭苦しいけど、二階に空き部屋があるんだから、遠慮することはひとつもないんだよ」

「ありがとうございます。おふたりのご恩は、一生忘れません」

「まあ、いいじゃないの。ひとつおあがりな」

おしんの注いだ酒を、おはちはくっと呑みほした。

呑みほした途端に、げそげそ噎《む》せてしまう。

大人びてみえるが、まだ十九の娘なのだ。

きっと、心細いにちがいない。

可憐《かれん》な横顔を、ちらりとみやる。

そのとき、誰かの騒ぎたてる声が飛びこんできた。

「出水だ、出水だ」

おしんがまっさきに外へ出た。

桃之進とおはちもつづく。

叫んでいる棒手《ぼて》振りをつかまえた。

「おい、堰《せき》が切れたのか」

「へえ、江戸川の関口が切れたそうで」

目白一帯と音羽の半分までが水に沈んだという。

「それは、ほんとうか」

「直したばかりの堤が切れたんでさあ。大勢死んだって聞きましたよ」

「何だって」

「景色が一変しちまったそうです。音羽の火消したちが小船を出して助けにかかっておりますが、溺れ死んだ連中の屍骸《むくろ》は神田川を流れ、大川に吐きだされているって噂でさあ」

「くそっ」

川沿いの四六見世が案じられた。

そのおもいは、おはちも同じだ。

抱え主のおこうと、幼い良太は無事だろうか。

駆けだそうとする桃之進の背中に、おはちが叫びかけてくる。

「葛籠さま、わたしもお連れください」

「だめだ。おぬしは残っておれ」

「良太のことが心配なんです。お願いです。どうか、どうか」

懇願するおはちをおしんに押しつけ、桃之進は水の溢《あふ》れそうなどぶ板を踏んだ。

人でごった返す日本橋を渡って神田川まで走り、昌平《しょうへい》橋を渡って小石川方面へ向かう。

濁流を横目にみながら音羽にたどりつくと、棒手振りが言ったとおり、景色は一変していた。

聞けば、目白不動までが川に呑みこまれたらしい。

江戸川橋も流され、護国《ごこく》寺へ通じる大路は水浸しになっている。

のどかな川筋の風景は消え、川沿いにあった四六見世など痕跡《こんせき》も無い。

小船が何艘も行き交っていたが、漕ぎ手たちは沈痛な面持《おもも》ちで櫓《ろ》をこねている。

水難から免れた高台にしゃがみこみ、ひとりの年増が泣いていた。

「良太、良太」

と、息子の名を叫んでいる。

抱え主のおこうであった。

桃之進のすがたをみつけ、ふらふらと近づいてくる。

「良太が、良太が、どこにもいないんですよう。あの子がいったい、何をしたっていうんですか。旦那あ、罪もないあの子が、何でこんな目に遭わなきゃならないんですか……うう」

身替わりになってやれるものなら、この身を捧げたいと、桃之進はおもった。

「あきらめるな。まだ死んだときまったわけではない」

「無理ですよう。慰《なぐさ》めなんざ、欲しくありませんよう」

おこうは泣きじゃくり、その場に蹲ってしまう。

小船を操る火消しにむかって、桃之進は声を張った。

「子どもを捜してくれ。七つの男の子だ。おい、わかったのか。死ぬ気で捜せ」

火消しは黙って手をあげ、静かに水脈を切って遠ざかる。

「くそっ」

悪態を吐き、波打ち際と化した辺りに目をやった。

異様な扮装の男が膝まで水に浸かり、呆然《ぼうぜん》と佇《たたず》んでいる。

ざんばら髪の痩せた老人で、黒糸威しの鎧を身に着けていた。

「治平ではないか」

驚いて叫ぶと、別の方角からも声が掛かった。

「おとっつぁん」

おはちだ。

そばに控えるおしんが、すまなそうにお辞儀をする。

桃之進は頰を膨らませ、ゆっくり歩みよった。

おはちは駆けだし、父親の背中に手を伸ばす。

「おとっつぁん、水からあがってきて」

治平は、表情ひとつ変えない。

「誰じゃ、おぬしは」

ぼそりと、そう言った。

おはちは涙ぐみ、父親の節くれだった手を握ろうとする。

治平は娘の手を振りはらい、濁流をじっと睨みつけた。

「おい、治平」

桃之進はたまらず、鎧の背中に呼びかけた。

「娘のおはちだぞ。忘れたのか」

反応はない。

「おろちが来た。おろちが来た」

治平は川をみつめたまま、同じ台詞《せりふ》を繰りかえしていた。

十一

おろちとは、五百両の普請金を携えて逃げた男の綽名だ。

見世に戻って落ちついたところで、おしんが小首をかしげた。

「おろちの底成って、何だか妙な名でしょう。ちょいと、おもいだしたことがあるんですよ」

猪俣軍兵衛のはなしだという。

「あの方、川崎の大師河原の出だと仰ったでしょう」

慶安《けいあん》のころ、大師河原で有名な酒呑み合戦が催された。

迎えうった地元の大将は大蛇丸底深《そこぶか》、挑んだ江戸の敵将は地黄坊樽次《じおうぼうたるつぐ》なる蟒蛇《うわばみ》だった。双方から計十七人が出場し、ひと組ずつ一斗盃《いっとさかずき》を呑みかわし、三昼夜にわたって繰りひろげられた勝負は、ついに、大蛇丸側の勝利で決着がついたという。

どこにでもあるような地元自慢の逸話を、たしかに、猪俣は得意気に喋っていた。

「大蛇丸側の副将で、父親の底深から頼りにされていた長男坊の名が、たしか底成でしたよ」

ぼんやりとではあったが、桃之進も聞いたおぼえがある。

「まさか」

「そのまさかですよ。おろちの底成ってのは、猪俣軍兵衛さまのことなんじゃござんせんか」

「ふうむ」

猪俣がそれほどの悪党だとはおもえないし、おもいたくもない。

別人であってくれと、祈るような気持ちで、庄屋の屋敷にやってきた底成の風体を尋ねてみると、おはちは人差し指で眉間《みけん》を差した。

「ここに、いぼがありました」

「いぼ俣か」

ほっと溜息を吐き、桃之進は渋い顔で盃を干す。

そこへ。

定町廻りの轟三郎兵衛が、治平を連れてきた。

茅場《かやば》町の番屋で預かってもらっていたのだ。

三郎兵衛は鎧を納めた櫃《ひつ》を背負い、遠出の仕度を整えていた。

これより、桃之進ともども、治平を関屋村まで送りとどけねばならない。

鎧を脱いだ治平は、地獄から還ってきた亡者のようにみえた。

「わたしも、まいります」

懇願するおはちを懇々《こんこん》と諭《さと》して納得させ、三人でおしんの見世を出た。

あわよくば、おろちの底成こと猪俣軍兵衛に邂逅できるかもしれない。

わずかな期待を抱いたが、両国から大橋を渡り、墨堤の泥濘《ぬかるみ》を歩いていくうちに、猪俣のことも忘れてしまった。

歩きなれない治平は途中でよれよれになり、白髭《しらひげ》神社の手前でついに力尽きてしまった。少し休んだのち、仕方ないので駕籠《かご》に乗せ、桃之進と三郎兵衛は供侍《ともざむらい》よろしく従った。

夕刻になって、どうにか関屋村へたどりついた。

鎮守の杜を突っきり、雑木林へ踏みこんでいく。

荒《あば》ら屋で待っていたのは、梅干し婆のおたねであった。

「おいや、お役人さま。庄屋さまをお連れくだすったのかえ」

ちょっと目を離した隙に消えてしまったので、ずいぶん心配したという。

「音羽の関口におったのだ」

「やっぱりそうじゃったか。出水があったと教えてやったら、鎧を身に着けられてのう。いざ出陣じゃ、馬曳《ひ》け、陣太鼓を鳴らせと、騒ぎたてておられたのじゃ」

桃之進は、肝心な問いを口にした。

「おたね婆さん、おろちが訪ねてきたと聞いたのだが」

「来た。昨晩のことじゃ。疫病神が戻ってきたとおもうたわい。何やら、神妙な面持ちでなあ。自分のせいで、庄屋さまが落ちぶれたことを知らんようじゃった。わしがな、愛娘まで借金のカタに取られた経緯をはなしてやったんじゃ。そうしたら、ぼろぼろ泣きよってなあ。すまぬ、すまぬと、庄屋さまに謝っておった。何を今さらとおもうたが、謝るすがたを眺めておったら、芯《しん》からの悪党じゃねえってことはよくわかった」

「戻ってきた理由を、はなしておらなんだか」

「さあて。それは口にしておらぬが、壺《つぼ》をふたつ置いていきおった」

「壺」

「今戸《いまど》焼の大きな壺じゃ」

「みせてくれ」

「かまわぬよ」

腰のまがった老婆に案内され、三郎兵衛ともども奥の寝所へ向かった。

治平は寝所に入ると、敷きっぱなしの褥《しとね》に横たわり、ぐうぐう鼾《いびき》を掻きはじめる。

「あれじゃ」

おたね婆は、床の間を指差した。

片隅の花生《はないけ》には、盂蘭盆会《うらぼんえ》のころ仏前に供える夾竹桃《きょうちくとう》の花が飾ってある。

おもえば、五月もなかばを過ぎていた。

もうすぐ梅雨は明ける。江戸は蒸すような暑さに包まれよう。

川開きと同時に、花火が打ちあげられる。

涼み船が大川を埋めつくし、漆黒の夜空には大輪の花が咲く。

薄紅色の花の隣に、壺はふたつ並べてあった。

桃之進はそっと近づき、壺をまじまじとみつめた。

「蓋《ふた》を開けてもよいか」

「好きにすりゃいい」

「よし」

壺のひとつに触れ、木の蓋をこじあける。

「うっ」

仰《の》けぞった。

山吹色の輝きに、眸子《まなこ》を射られたのだ。

「ひぇっ」

おたね婆もそばに近づいた途端、腰を抜かす。

桃之進は壺を小脇に抱え、ざっとひっくり返した。

ささくれだった畳のうえに、小判がぶちまけられる。

三郎兵衛は声もなく、呆然と立ちつくしていた。

「ひゃはは、ひゃはは」

おたね婆は小判を拾いあつめ、気狂いしたかのように踊りだす。

「夢じゃ、夢じゃ、うひゃひゃ」

治平はとみれば、あいかわらず鼾を掻いている。

三郎兵衛は正座し、小判を勘定しはじめた。

百両や二百両の金ではない。

「葛籠さま、五百両を優に超えておりますぞ」

しかも、壺はもうひとつある。

「これは、どうしたことでしょう」

「たぶん、盗み金だ」

五年前、不正な手段で引きだした公金の千二百両と、関屋村の下請けに潜りこんで奪った五百両、合わせて千七百両にもおよぶ大金を、猪俣軍兵衛は隠しもっていた。

「それで、命を狙われたのか」

「敵の狙いはこの金だ。猪俣の命を消し、本来は自分たちのものになるはずだった盗み金を奪いかえす。それが狙いさ」

三郎兵衛は、首を捻った。

「それにしても、猪俣軍兵衛はなぜ、奪った金をここに置いていったのでしょう」

「さあな。そいつは本人に聞かねばわからぬが、おおかた、金の重さよりも罪の重さに耐えられなかったのだろう」

贖罪《しょくざい》のつもりで治平に金を預けたのだと、桃之進は読んだ。

「なるほど」

「わしが読める程度のことは、敵も読んでおるだろう」

「いずれ、ここにも刺客が差しむけられる。そういうことですか」

「しっ」

桃之進は口に人差し指を当て、じっと聞き耳を立てた。

「三郎兵衛よ。どうやら、われわれが誘っちまったらしい」

「そのようですな」

荒ら屋の外には、殺気が渦巻いている。

刺客は、ひとりやふたりではない。

「ここは死に身で掛からねばなるまい。下手に捕らえようとすれば、やられるぞ」

「承知いたしました」

どんと、表の板戸が蹴破られた。

「ひぇっ」

おたね婆は腰を抜かしかけたが、敵が躍《おど》りこんでくる気配はない。

屋内で刃を合わせるのは不利とみたか。

鎌槍を携えた者がいると、桃之進は直感した。

「婆さん、小判を壺に仕舞っといてくれ」

桃之進は優しげに言いおき、孫六の鯉口《こいぐち》を切った。

十二

蹴破られた表口ではなく、勝手口から出て裏庭を駆けぬけた。

表口を固める連中が、一群になっている。

「来たぞ。あっちだ。叩っ斬れ」

白刃を抜きはなった員数は、二十人を超えていた。

いずれも月代の伸びた食い詰め者、金で雇われた連中であることは一目瞭然だ。

「野良犬どもめ」

桃之進は、孫六を鞘走らせた。

このところの鍛錬が自信に繫がり、気力は横溢《おういつ》している。

「死ねい」

ひとり目が泥水を撥ねあげ、猛然と突きかかってきた。

三寸の間合いでひょいと躱《かわ》し、伸びきった手首の腱《けん》をちょんと斬る。

「ぬぎゃっ」

さらに、真っ向から斬りつけてきた相手には、すっと沈みこみ、柄頭《つかがしら》で顎《あご》を砕《くだ》きつつ、反転しながら踵《かかと》の腱を断ってやる。

ひとりは転げまわって叫びつづけ、もうひとりは白目を剝《む》いて昏倒した。

力量の差は、歴然としている。

ゆえに、命まで獲る気はない。

致命傷を与えぬかわりに、激痛を与える。

大人数の敵を萎縮《いしゅく》させるには、効果のある方法だ。

怯《ひる》んだ敵のただなかに躍りこみ、舞うように太刀を走らせる。

一合も交えていないというのに、いくつもの悲鳴が錯綜した。

「葛籠さま」

背後から、三郎兵衛もつづく。

腰に差した刃引刀を抜き、掛かってくる相手の眉間に叩きつけた。

あるいは、火花を散らしながら鍔《つば》迫りあいを演じ、組みあって泥だらけになりながら相手を撲《なぐ》りたおす。

板の間の剣法と実戦の剣はちがう。

真剣での殺しあいに、礼儀作法は通用しない。

敵も必死だった。どんな汚い手を使ってでも勝とうとする。

こちらも同様の覚悟で挑まねば、屍骸《むくろ》となって転がるだけだ。

桃之進の動きは、いつになく鋭い。

御前試合で猛者《もさ》を倒したときの昂揚が蘇ってくる。

北辰《ほくしん》一刀流に神道《しんとう》無念《むねん》流、鏡新明智《きょうしんめいち》流に伯耆《ほうき》流居合、名だたる剣客を打ちまかし、将軍家治を刮目《かつもく》させた。

十五年前のはなしだ。

御前試合には『千鳥《ちどり》』という必殺技を携えてのぞんだ。

檜《ひのき》の床で、ひたすら、飛びまわっていたような気がする。

腹の肉がたぷついた今は、あのときの半分も跳躍できない。

そのかわり、打たれ強くなった。

野心も欲も無くしたが、人の心の機微《きび》がわかるようになってきた。

若いだけがよいとはかぎらぬ。年をかさねて、ようやくわかることもある。

今は善悪の境目を判断することもできるし、何事につけて執着《しゅうちゃく》が出てきた。

生への執着も、年を経るごとに増している。地べたに這ってでも生きのびるのだという執念が、桃之進を支えているといっても過言ではない。

毛のような雨が、風に煽られている。

気づいてみれば、敵は半減していた。

桃之進の力量を恐れてか、闇雲に斬りかかってこようとはしない。

ころあいよしと踏み、桃之進は大音声を発した。

「命までは奪わぬ。ただし、二度と刀が握れぬようになるぞ。それが厭《いや》なら、去《い》ね。今なら見逃してやってもいい」

正面のひとりを、ぐっと睨《にら》みつけた。

一歩近づくと、怯んだように後退り、納刀するや、一目散に逃げていく。

つぎの瞬間、残った連中も踵を返し、雑木林のなかへ消えていった。

「葛籠さま、やりましたたな」

汗と泥にまみれた三郎兵衛が、嬉々《きき》として叫んだ。

「喜ぶのは、まだはやいぞ」

「え」

「あれをみろ」

太い櫟《くぬぎ》の木陰から、大柄の人影が抜けだしてきた。

「ふっ、真打ちの登場さ」

片瀬元十郎だ。

右手には鎌槍を提げていた。

口端を吊って笑い、ゆっくり近づいてくる。

「葛籠桃之進か。のうらく者と呼ばれる腑抜け与力が、これほどの遣い手だったとはな。人は見掛けによらぬものよ」

「手の内をみせたくはなかったが、仕方あるまい。尋常に勝負してやる」

「笑止な。二尺五寸の刀で七尺の鎌槍に勝てるとおもうのか」

「やってみなければわかるまい」

「おう、そうか。なれば、死ね」

片瀬はずんと踏みだし、鎌槍を青眼に構えてみせる。

「待て。ひとつ聞いておきたい」

「何だ」

「長谷川奈津を殺めたのは、おぬしか」

「ふん、古いはなしを持ちだしおって」

「赤西弥助とおりんを情死にみせかけて殺めたのも、おぬしなのだな」

「ああ、そうさ。不幸は忘れたころに訪れる。そいつを教えてやったまでだ」

「おぬしの飼い主は誰だ。天神の岩吉か、それとも、普請奉行の江頭内匠頭か」

「不甲斐ない。その程度の憶測しかできぬのか。くく、とうてい、われわれには勝てぬな」

「岩吉でも普請奉行でもないと申すのか」

「ちがうな」

「ならば、誰だ」

「おぬしの想像を超える相手さ」

「想像を超える相手」

「死に行く者に教えても無駄だ。わしは金のためなら何だってやる。飼い主が誰であろうと、どんな悪党であろうと、金さえ積んでくれればそれでよい。ふふ、はなしは仕舞いだ。ほうれ、おぬしによいものをくれてやる。これを土産《みやげ》に携え、冥途《めいど》へ旅立つがよい」

片瀬は左腕を振りあげ、布にくるんだ丸いものを抛《ほう》りなげた。

中空で布がはらりと解け、桃之進の足許にどさっと中味が落ちてくる。

「うっ」

生首だ。

蒼白い眉間に、いぼがある。

「い、猪俣」

「さよう。裏切り者の猪俣軍兵衛じゃ」

「くうっ、鬼め」

腹の底から、憤怒《ふんぬ》が込みあげてくる。

「ぬらあぁ」

桃之進は、天に向かって獅子吼《ししく》した。

背後の三郎兵衛は、ことばを失っている。

桃之進は、ふうっと息を吐いた。

怒りは嘘のように消え、全身から力が抜けていく。

恐れなど、微塵《みじん》もない。

明鏡止水《めいきょうしすい》の境地だ。

「ふん」

孫六を肩に担《かつ》ぐや、桃之進は地を蹴った。

疾《はや》い。

雨を裂き、風を巻き、彼岸との間境《まざかい》を踏みこえても、なお、動きを止めない。

低い姿勢を保ったまま、鋭利な槍となって突きかかっていく。

「猪口才《ちょこざい》な」

片瀬は、口をへの字にまげた。

大上段に振りかぶった鎌槍を、傲然と振りおろす。

凄まじい太刀筋だ。

が、桃之進の眸子には、白刃が止まってみえる。

「ぬおっ」

突くとみせかけ、孫六を左逆手に薙《な》ぎあげた。

寸前で峰に返し、穂口にがしっと当てる。

「なに」

片瀬は、うろたえた。

眸子に恐怖の色が浮かぶ。

孫六の動きは止まらない。

長い柄に沿って滑り、刃先が地べたを叩く。

「うげっ」

片瀬は前屈みになり、膝をがくがく震わせた。

鎌槍が手から落ち、十本の指もばらばらと落ちてくる。

鮮血が泥水を染めた。
指を失った剣客など、生きる屍《しかばね》にすぎない。
振りむいた片瀬の顔は、憐れみを請《こ》うていた。
桃之進の心は、もはや、氷のように冷めている。
「そい……っ」
孫六の切っ先を車《しゃ》に落とし、頭上の雲を裂くように薙ぎあげた。
――ひゅん。
刃音が鳴り、片瀬元十郎の首が高々と宙に飛んだ。

十三

この世からいなくなってしまえば、淋しい気もする。
猪俣軍兵衛には聞きたいことが山ほどあった。
いったい、誰に命じられ、悪事をはたらいたのか。
本人の口から、悪事のからくりを聞きたかった。
それにしても、片瀬元十郎の吐いた台詞《せりふ》が気に掛かる。

飼い主は高利貸しの岩吉でもなければ、普請奉行の江頭内匠頭でもなかった。

——おぬしの想像を超える相手さ。

と、片瀬は言った。

普請奉行のほかに、黒幕がいるとでもいうのか。

それはいったい、誰なのだ。

深く考えれば、不安に襲われる。

一方、光を投げかけてくれる出来事もあった。

七つの良太が生きていたのだ。

母親のおこうに内緒で女郎の文使いをやっていたところへ、鉄砲水が襲ってきたらしい。

関口から五町も離れた商家を訪ねていたので、良太は水難を免れた。

馬淵斧次郎の調べたところ、関口の出水は人災かもしれないという。

何者かの手で堰《せき》の一部が破壊されていて、それが出水の原因になったという憶測もできたが、町奉行所によって下手人捜しがおこなわれることはなかった。水難での死者は五十数人におよび、家を無くした人々は一千人を超えた。それだけの被害を出したにもかかわらず、下手人の探索はおこなわれなかったのだ。

復旧に当たっては、幕府の金蔵から莫大な普請費用が捻出され、大勢の黒鍬者が動員される。

災害の陰で高笑いしている者たちがいることを、桃之進は見抜いていた。

水難から数日を経て復旧の槌音《つちおと》が響きはじめたころ、良太がおこうに手を引かれ、おしんの見世へやってきた。

出迎えたおはちは、目に嬉し涙を溜めている。

「おはち姐さん、おいらはね、文使いをしていて助かったんだよ」

「そうかい。よかったね。おまえがお空に逝《い》っちまったんじゃないかって、ずいぶん心配したんだよ」

「ふん、おいらが逝くわけないじゃないか。日頃の善行が幸運をくれたんだって、おっかさんも言ってたよ」

「そのとおりだね。わたしも明日からまたお見世に戻るから、よろしくね」

「え、戻ってくれるの」

良太は振りむき、母親の顔を見上げた。

おこうは困った顔で、ほっと溜息を吐く。

「おはち、おまえの戻る見世はもうないいんだよ。娘たちの半分は水に呑まれちまったんだ。新しいところで一から出直す気力もない。そのことを伝えにきたのさ」

「いったい、明日からどうするんです」

「音羽の助右衛門親分が面倒をみてくださるんだ。困っているときは助けあわなきゃいけないって、持ち前の俠気《おとこぎ》をみせてくだすった。あたしのみたてどおり、親分は立派なお方さ」

「それじゃ、わたしは」

と聞かれ、おこうはにっこり微笑んだ。

「おとっつぁんのところへ帰ってやりな」

「え」

良太はおはちとの別れを察してか、しくしく泣きはじめる。

「おはち姐さん、さいなら……でも、また逢えるよね」

「もちろんだよ。逢えるにきまっているじゃないか」

おはちはしゃがみ、良太の肩を抱きよせた。

おこうは桃之進にお辞儀をし、良太の手を引いて去っていく。

何度も振りかえって手を振る小さな顔が、涙で霞《かす》んでみえない。

事情を知っているおしんが、桃之進にそっと目配せを送ってくる。

猪俣軍兵衛の残した壺を、桃之進は壺ごと音羽の助右衛門に預けていた。

出水で家を失ったり、双親《ふたおや》を亡くした子どもたちのために使えと、厳しく命じておいた。地廻りに託された壺金のおかげで、おこうの四六見世で生きのこった女たちもすべて自由の身になった。

が、助右衛門も金の出所は知らない。

知らないで通したほうが身のためだと、なかば脅すように伝えておいた。

そこは海千山千の地廻りだけあって、侠気をみせてくれるだろう。

じつを言えば、助右衛門はおしんの遠縁にあたり、なるほど、会ってはなしてみれば侠気のある人物だった。おしんの助言もあって、信用することにきめたのだ。

そうした事情を知らないおはちは、さきほどから泣きつづけている。

桃之進は、そっと声を掛けた。

「年季明けまで待つこともなかったな」

「は、はい」

「娘さえ帰ってくれれば、治平は正気に戻る。きっとな」

「はい」

しっかりと頷くおはちの横顔が、杏子《あんず》色の夕陽に照らされている。

「やっと、雨があがってくれたね」

おしんが日和下駄《ひよりげた》を鳴らし、外へ飛びだしていった。

「明日から、川開きだよ」

夏の夜空に、ぼんと花火が打ちあげられる。

涼み船で大川へ繰りだし、みなで大輪の花でも愛《め》でようか。

桃之進はおはちを促し、見世から一歩踏みだした。

涼しげな風が頰を撫でる。

「あいつにも、みせてやりたかったな」

剽軽《ひょうきん》な猪俣軍兵衛の笑い顔が脳裡を過《よぎ》る。

耳を澄ませば聖天稲荷のほうから、哀しげな金魚売りの売り声が聞こえてきた。

三章　白刃《はくじん》踏むべし

一

梅雨が明けて数日も経つと、江戸に猛暑が訪れた。

小暑《しょうしょ》の朔日《さくじつ》には勝代が音頭を取って駒込富士に登り、みなで家内安全を祈願し、葦簀《よしず》張りの水茶屋で一杯四文の冷水を啜《すす》った。

土手には忘草《わすれぐさ》の別称で呼ばれる萱草《かんぞう》の花が咲いていた。

唐土《もろこし》の言い伝えでは、百合に似た臙脂《えんじ》の花を愛《め》でれば愁《うれ》いを忘れるというが、なるほど、関口の水難は今や遠い日の出来事にしかおもえない。

八丁堀の家に戻れば、庭に植わった合歓《ねむ》の木が薄紅色の可憐な花を咲かせていた。合歓はあらゆる怒りを去らしむという。たしかに、土手普請の裏で私腹を肥やす悪党どもへの怒りもぎらつく陽光に溶かされ、しぼんでしまったかのようだった。

金公事蔵《かねくじ》へ出仕してみると、腑抜けに戻ったふたりの手下が口から涎《よだれ》を垂らして寝惚《ぼ》けている。「困ったものだ」とつぶやく桃之進のもとへ、おかめの女将のおしんから「涼み船にごいっしょしませんか」という嬉しい誘いがあった。

夕暮れの雀色刻《すずめいろどき》。

初音《はつね》の馬場の野面には、狐火のような夕菅《ゆうすげ》が点々と揺れていた。

ほっぺたをつねっても痛いので、狐に化かされたのではなさそうだ。

浅草御門前から大橋のほうを眺めれば、菰被《こもかむり》の小屋掛けや色とりどりの幟《のぼり》が林立している。

桃之進は両国広小路を横切り、柳橋を渡って桟橋《さんばし》へ降りていった。

夕陽を呑みこんだ川面には、軒に居並ぶ茶屋のぶら提灯が映っている。

枝垂《しだ》れ柳が夜風に靡《なび》く桟橋で艶《えん》な年増と待ちあわせをすることなど、稀《まれ》にもあることではない。

おしんは三つ輪髷《まげ》を鼈甲《べっこう》の櫛簪《くしかざり》で飾り、茶千筋の単衣《ひとえ》に黒い子持ち縞《じま》の帯を重ねていた。手には立役の大首絵が描かれた団扇《うちわ》を持ち、粋筋《いきすじ》のようでいて、男を寄せつけぬ凜《りん》とした風格をも感じさせる。人待ち顔で桟橋に立つすがたは、錦絵《にしきえ》から抜けだしてきたかのようだった。

桃之進は足を止め、しばらくじっと見惚れていたが、ことさら平静を装ってゆっくりと近づいていった。

「旦那、こっちこっち」

おしんは桃之進をみつけると、小娘のように手招きをする。

小石に躓《つまず》いて転びそうになりながらも、何とか踏みとどまり、桃之進は前のめりの恰好で待ち船のそばへやってきた。

「うふふ、おちゃめなおひとねえ」

などと言われて舞いあがり、腕を取られて小船に乗りこむ。

すがたを隠せる屋根船ではないが、頬を撫でる夜風は心地よかろう。

小船が大川へ漕ぎだした瞬間、ぼんと大きな音が響きわたり、濃紺で彩られた空の高みに大輪の花が咲いた。

「鍵《かぎ》やあ」

おしんは手を叩き、嬉しそうにはしゃいでいる。

――ぼん、ぼん、ぼん。

河原の一角から花火がたてつづけに打ちあげられ、海のような川面が明々と照らしだされた。

すでに、大川は大小無数の涼み船で埋めつくされている。

「旦那、はいどうぞ」

おしんに手渡された竹筒をかたむければ、辛口《からくち》の冷や酒がのどの渇きを癒《いや》してくれた。

「上物だな」

「もちろんですよ」

おしんは艶然《えんぜん》と微笑み、みずからも同じ竹筒から下り酒を流しこむ。

白いのどが小さく波打ち、うなじのあたりがほんのり赤く染まった。

「何て美味《おい》しいんだろう」

小船は静かに水脈を曳《ひ》き、大川の橋桁《げた》をくぐって南へ向かう。

ぎこぎこと鳴る櫓《ろ》の音さえも心地よく、桃之進はおしんの肩を抱きよせたい衝動に駆られた。

逸《はや》る気持ちを抑えこみ、舞いあがる花火を追いかける。

――ぼん。

「玉やあ」

周りの小船からも歓声があがるなか、一艘だけ平たい筏《いかだ》が上流のほうからのんびり流れてきた。

筏のうえには、大中小の筒が並んでいる。

すぐにそれとわかる花火筒にほかならず、菅笠《すげがさ》で顔を隠した男がひとりで竿を操っていた。

「へへ、あの野郎、またあらわれやがったな」

涼み船の船頭が楽しそうにうそぶいた。

おしんが団扇を揺らしながら問いかける。

「船頭さん、あれはだあれ」

「極楽の仙造《せんぞう》、はぐれ花火師でさあ」

「はぐれ花火師」

「へい。鍵屋にも玉屋にも属さねえ一匹狼でしてね、おもしれえ変わり花火を打ちあげるんでやすよ。そいつを目にした船頭は水難を逃れることができるってんで、このところ噂になっていやしたが、あの野郎、ついに出やがった」

「ふうん」

「近寄ってみやすから、ようくご覧になってくだせえよ」

花火は通常、河原に固定された筒から打ちあげる。大量の火薬を使うので、打ちあげの反動で筒が弾かれる恐れがあるからだ。人が抱える抱え筒という種類もあるが、小便のような弧しか描けない。ともあれ、まともな花火を船上から打ちあげるのは、けっこう難しい。

――しゅっ。

小さい筒が炎を噴《ふ》いた。

やや低い高さで、夕菅のような花が咲く。

――しゅぼっ。

つづいて、中ほどの筒が炎を噴き、橋よりも高いあたりで炸裂《さくれつ》した。

こんどの花は大きく、百合に似た萱草《かんぞう》のようだ。

――ばしゅっ。

最後に、大筒が炎を噴いた。

大玉は遥か高みへ昇りつめ、ぼんと炸裂するや、合歓《ねむ》の花のような大輪の花を咲かせてみせる。

「わあああ」

周囲から、歓声と拍手がわきおこった。

「きれいだねえ」

おしんも息を呑んでいる。

「最後のは極楽鳥と呼ぶそうでやすよ」

と、船頭が教えてくれた。

花火に見惚れて気づかなかったが、仙造の筏はいつのまにか、捕り方の船に前後から挟まれている。

二艘はいずれも十人乗りの鯨船《くじらぶね》だが、乗っているのは小者たちだけのようだ。

いや、見覚えのある初老の同心がひとり、舳先《へさき》に座っている。

「おい、極楽、そのくらいにしておけ」

のんびりと発したのは、橋同心の黒田七助であった。

百本杭の検屍で出逢って以来だが、顔はおぼえている。

仙造は菅笠を脱いで素直にしたがい、纜《ともづな》を鯨船に抛《ほう》った。

「旦那にみつかったんじゃ仕方ねえ」

そう言って両手を差しだし、観念した態度をみせる。

見物人からは同情の溜息《ためいき》が漏れたが、黒田は淡々としたものだ。

乗りうつってきた仙造に早縄を打ち、鯨船をゆっくり出させる。

ふと、黒田は桃之進の眼差しをとらえ、知ってか知らずか、会釈《えしやく》をしながら遠ざかっていった。

「旦那、とんだ水入りになりましたね」

おしんは、悲しそうに微笑んだ。

すっかり酔いも醒《さ》めたので、川風もひんやりと冷たい。

言いあぐねていると、船頭が気をまわして舳先を陸《おか》へ向けた。

またいずれ機会は訪れると、桃之進は何度も胸に言い聞かせた。

二

年番方筆頭与力の漆原帯刀より、上納金の催促がきた。

甲府勤番への左遷をちらつかせ、俸給の一部を掠《かす》めとる許しがたいはなしだが、田沼意次が幕政の中心に座ってからは、こうしたことは当たり前になっている。手下から賄賂《まいない》を取ろうなどという行為は蛸《たこ》が自分の足を食うようなものだが、木っ端《こっぱ》役人の身としては忍耐の二文字に徹するよりほかに生きのびる道はない。

それでも、無い袖は振れず、桃之進は金公事蔵で不貞寝《ふてね》をきめこんでいた。

夏の蔵がひんやりとして気持ちよいのは夜中だけで、日中は蒸し風呂も同然だ。動けば毛穴から汗が吹きだしてくるので、安島も馬淵も転がった石仏のように眠っている。

訪ねてきた者からみれば、異様な光景だろう。

まがりなりにも奉行所のなかで、三人の歴とした役人が褌《ふんどし》一丁で仰向《あおむ》けに寝ているのだ。

「ちょっと、勘弁してくださいよ」

様子伺いにきた轟三郎兵衛は、呆《あき》れてものも言えない。

桃之進だけが気配を察し、ひょいと首を持ちあげる。

「誰かとおもえば、ひよっこか」

「葛籠さま、この恰好を漆原さまにみられたら、甲州流しどころか、島流しになりますぞ」

「ここに訪ねてくる物好きは、おぬしくらいのものさ」

「まあ、そうでしょうけど。着物くらい羽織られたらいかがです」

「べとべとして気持ちわるいのさ」

桃之進が目をやった窓際には、縞の単衣が三枚仲良く並んで干してある。

掛け布団がわりに使った絽羽織は床に散乱しており、安島と馬淵は寝息を立てながら腹を波打たせていた。

「悪党どもを一網打尽にする算段は、どうなってしまったのでしょうね」

若くて意気盛んな三郎兵衛にしてみれば、土手普請に関する不正が暴《あば》かれぬままでいることが焦《じ》れったくて仕方ない。

たしかに、葬った片瀬元十郎は強敵であったが、悪党の手先にすぎなかった。飼い犬に死なれたところで、陰に隠れた悪党は痛くも痒《かゆ》くもないのだ。本物の悪党どもを成敗しないかぎり、一連の出来事に終止符を打つことができないことは、ひよっこに意見されずともわかっている。

「後家殺しも、情死にみせかけた役人殺しも、何ひとつ解決しておらぬではありませんか」

「わかっておる。そうやって、きいきい騒ぐな」

「無様なすがたを目《ま》の当たりにすれば、騒ぎたくもなります。まさか、あきらめておしまいになるおつもりでは」

「端緒を探しあぐねておるだけさ。こう暑いと脳みそが溶けてしまいそうでな、妙案も浮かばぬ」

「けっ、のうらく者め」

三郎兵衛は横を向き、聞こえよがしに悪態を吐いた。

「おい、何か言ったか」

「いいえ、何も」

「そういえば、橋同心の黒田七助を見掛けたぞ。大川でな、はぐれ花火師を捕まえておったわ」

「存じておりますよ。黒田さまが引っ捕らえたのは、極楽の仙造という人騒がせな輩《やから》です」

「ほう、それほど名の知られた男か」

「ええ、もとはといえば鍵屋の花火職人でしたが、親方の勘気《かんき》を蒙《こうむ》って破門にされましてね。それを根に持って大川に繰りだしては、ひそかに変わり花火を打ちあげるようになったとか」

「ふうん」

花火師としての実力はなかなかのもので、打ちあげる花火はおもしろい。おもしろくないのは鍵屋の連中で、どうしても捕まえてほしいと、従前から町奉行所に訴えが出されていた。

「それで、橋同心が網を張っていたというわけか」

「ええ。仙造は逃げ足のはやい男で、何度か取り逃がしておりましたが、黒田さまが本腰をあげてようやく捕まえたのです」

「今までは本腰を入れておらなんだのか」

「なにせ、仙造の変わり花火はおもしろい。泳がしておいたところで見物人の迷惑にはならぬと、黒田さまは仰いました」

「なるほど、らしいことを言う」

「黒田さまは、十手持ちとして尊敬すべきお方です。ときおり、わたしもごいっしょさせていただき、いろいろとご教授願っております」

「馬が合うようだな」

「子煩悩《ぼんのう》な方でしてね、二十歳《はたち》のお嬢さまがおられます。奥さまも存じあげておりますが、それはお優しい方で。ただ、かなり以前から胸を患《わずら》っておられましてね、黒田さまはお役目のかたわら、家事もこなしておられるご様子、独《ひと》り身のわたしとしては頭がさがるおもいです」

心酔しているようだなと、桃之進はおもった。

「おぬしが申すとおり、なかなかの男さ。赤西弥助の検屍で殺しと見破った力量には恐れいった」

十手持ちの資質には、一目置くべきものがある。物腰もわるくない。手柄をのぞむでもなく、淡々と役目をこなす。そうした鈍い光を放つ職人気質の捕り方が、町奉行所にはもっと必要だ。

「葛籠さまも、そうおもわれますか」

「ああ」

「わたしも、黒田さまのような捕り方になりたいと望んでおります」

「ところで、はぐれ花火師はどうなる」

「はあ。わたしのみたてではまず、江戸十里四方払いは免れぬものとおもわれます。場合によっては、新島《にいじま》か三宅島《みやけじま》あたりへの配流もありましょうな」

「ふうむ。あの極楽鳥、二度とみられぬのか。ちと淋しい気もするが、ま、致し方あるまい」

そうした会話を交わしているあいだも、安島と馬淵は魚河岸に並んだ鮪《まぐろ》のように眠っている。

「やつらもわしも、島流しにあったようなものだな」

桃之進は淋しげに笑い、欠伸《あくび》を噛みころした。

三

無為な日々が過ぎさっていき、黒田七助やはぐれ花火師のことなどすっかり頭から消えてしまった。

背には十日夜《とおかんや》の月がある。

桃之進はひとり、渋い顔で向両国までやってきた。

――明晩戌《いぬ》ノ刻（午後八時）、本所回向院《えこういん》本堂裏、大銀杏《いちょう》にて。

という文が樽拾いの小僧を介し、八丁堀の自邸へ届けられたのだ。

差出人は末松丈太郎、元上役の山田亀左衛門に紹介された勘定方の小役人にほかならない。気の弱そうな印象しかなく、顔もおぼえていないが、会えばすぐにそれとわかる自信はあった。

桃之進は薄墨で書かれた文字面から、切迫したものを読みとっていた。

情死にみせかけて殺《あや》められた赤西弥助の死が、かつての同僚であった末松に何らかの影響を与えたのかもしれない。もしかしたら、赤西の死について真相を語ってくれるのではないかという期待もあった。

あるいは、土手普請の裏でおこなわれている一連の不正について、動かぬ証拠でも提供してくれるのではないか。

胸に膨らむ過剰な期待を戒《いまし》めつつ、桃之進は回向院の山門をくぐった。

振りむけば、乾いた夜空に大輪の花が咲いている。

――ぼん、ぼん。

花火の炸裂音も、すっかり耳に慣れた。

大橋を挟んで上流からの打ちあげは横山町《よこやま》の鍵屋、下流の受け持ちは西両国の玉屋ときまっている。両者が華を競いあい、江戸の夜空を朱に染める。

川開きの起こりは享保《きょうほう》十八年（一七三三）五月二十八日、飢饉《ききん》による餓死者《がし》の慰霊と悪疫《あくえき》退散の目的で水神を祭り、花火をあげたのがはじまりだ。天明《てんめい》の飢饉に苦しむ今も、人々は「どうか豊穣《ほうじょう》が訪れますように」と手を合わせている。花火はただ愛でるだけのものではない。花火には亡くなった者への鎮魂と、未来への切実な願いが込められているのだ。

水無月（六月）の二十日からは、回向院前の垢離場《こりば》に「懺悔懺悔《さんげさんげ》、六根罪障《ろっこんざいしょう》」の声が鳴りひびき、大川詣での参拝者たちが垢離をとる。勇《いさ》み肌の男たちが裸になり、挙《こぞ》って大川で沐浴《もくよく》する光景を見物しようと、大橋とその橋詰めは数多《あまた》の見物人で溢れかえることだろう。

花火が月に当たって砕けちると、漆黒《しっこく》の闇が訪れた。

回向院に参詣人はおらず、猫と呼ばれる私娼の影が見え隠れしている。

参道の左右に立つ石灯籠《どうろう》には回向の炎が灯り、提灯を掲げずともよいほどであったが、本堂の裏手は深閑とした闇に包まれていた。

桃之進は小田原《おだわら》提灯を点け、鬱蒼《うっそう》と佇《たたず》む大銀杏に近づいていった。

「ん」

提灯がひとつ、揺れている。

「末松どのか」

声を掛けても、返事はない。

がさりと、人影が動いた。

「何者だ」

鋭く問いかけ、右手を柄に添える。

「お待ちくだされ」

提灯の面灯りに照らされたのは、知った顔だった。

「あ、おぬしは」

「これは、どうも。橋同心の黒田七助にござります。そちらさまはたしか」

「金公事与力の葛籠桃之進だ」

「さよう。葛籠さまでござりましたな」

「いかがした」

「はあ、ちと困ったことが起きました。これを」

黒田は手にした提灯で、背後の地べたを照らす。

「あ」

黒羽織の侍が俯《うつぶ》せに倒れていた。

桃之進は膝を繰りだし、侍のそばに身を寄せる。

提灯で照らしてみると、頭の後ろがぱっくり割れていた。

「すでに、死んでおります」

「そのようだな」

土に滲みた鮮血も生々しい。

横顔はあきらかに、末松丈太郎のものだ。

「さきほど、どなたかの名を口になされましたな」

「ふむ」

「こちらの御仁でしょうか」

「そのようだ」

桃之進は、力無く頷いた。

「差しつかえなければ、ご姓名を」

「勘定方の末松丈太郎だ」

「ほほう。勘定方のお役人でしたか」

黒田は屈《かが》みこみ、遺体をごろりと仰向けにする。

何をするかとおもえば、慣れた手つきで懐中をまさぐった。

「紙入れがありませんな。物盗りの仕業かもしれません」

「頭の傷は、刀傷ではないな」

「はい。木刀のようなものでしょう。背後からそっと近づき、撲《なぐ》りたおしたにちがいありません」

黒田は私娼の取締で、夜間も何度か回向院の境内を見廻りに訪れるという。

ほんの少しまえ、本堂の裏手で悲鳴を聞き、急いで駆けつけてみると、下手人は逃げたあとで、屍骸がひとつ転がっていたらしい。

「失礼ながら、葛籠さまはなぜここへ」

探るような目でみつめられ、桃之進は返答に窮した。

「わしを疑っておるのか」

「格別に、葛籠さまをというわけではござりませぬ。拙者、すべての人間を疑う性質でしてな」

「どうする気だ」

「どうもいたしませぬよ。ただ、場所がいけませぬな。なぜ、勘定方のお役人がこのような物淋しいところへ参ったのか。ご遺族に説明できませぬ。わかりやすいのは、私娼を買いにきて物盗りに殺《や》られたというものですが、事実はそうでもないらしい」

誘導されているのはわかったが、余計なことを口にしたくはなかった。

「まあ、いろいろとご事情もおありでしょう。遺体は人々が花火見物に繰りだす広小路のそばでみつけた。とでもしておきましょうか」

「すまぬ」

謝る理由など少しもないのに、桃之進は襟《えり》を正して老練な同心に向きなおり、ぺこりと頭をさげた。

四

末松丈太郎はいったい、何を伝えようとしたのか。

やはり、普請丸投げの実態に関わる内容かもしれず、誰にも言えずに仕方なく部外者の公事方与力に告げようと決心したのだとすれば、口惜しいのひとことに尽きる。

しかも、末松も赤西弥助と同様、口封じの狙いで殺《あや》められたのかもというおもいが、桃之進をとらえてはなさなかった。

以前より親しくしていた相手ではなかったが、末松の死には一抹の責任を感じざるを得ない。

せめて線香の一本でもあげたいと考え、桃之進は九段下の屋敷町へ向かった。

末松が老いた母親とふたりで暮らしていた屋敷は、葛籠家の面々が一年前まで住んでいた蟋蟀《こおろぎ》橋のそばにある。

懐かしい橋向こうに目をやれば、通夜への弔問客らしき人影がみえた。

屋敷の塀は白黒の幔幕《まんまく》で覆われ、門脇にはぽつんと提灯が灯っている。

門をくぐると、目敏《めざと》い山田亀左衛門にさっそくみつけられた。

「おう、葛籠、おぬしも来てくれたのか」

「は」

人がよいだけの山田が、末松の訴えたかった内容を知るはずもない。

案の定、物盗りにやられたというはなしを鵜呑《うの》みにしていた。

「人の運命とは、わからぬものよな。隣で帳面を付けていた者が、気づいてみれば冷たくなっておる。末松とは毎日顔を合わせておっただけに、何やら狐につままれた気分でな」

「山田さまも、さぞ、気落ちなさっておいででしょう」

「正直、そうでもないのだわ。末松は性格が暗うてな、人減らしの的にもなっておった」

「人減らしの」

「しっ、声が大きいぞ」

山田は背を丸め、顔を近づけてくる。

「どうしても、甲府勤番をひとり出せと上から命じられてな、末松を人選しておったのよ」

「それはひどい」

ひょっとしたら、末松は左遷を察知し、そのまえに存念をぶちまけたかったのかもしれない。だとすれば、亡くなった責任の一端は山田にもある。

「ひどいと言われたら、心外じゃ」

「老いた母御がおられてもですか」

「甲州へ連れていけばよい。のう、葛籠よ。誰かひとりを選べと上に命じられたら、選ばずばなるまいが。わしにも生活はある。養わねばならぬ家族がいる。おぬしもそうであろう。ひとりの首を切れば、全員が助かる。何とかせいと上に説かれたら、かしこまりましたと受けるしかあるまい。何を恰好《かっこう》つけておるのだ」

「すみません。余計なことを申しあげました」

「わかればよい」

山田は自分が左遷した男に向かって、懇々と屁理屈を並べている。

抗《あらが》う気力も失せた。

「とりあえず、故人の顔を拝ませてもらえ」

「は」

雪駄《せった》を脱いで部屋にあがると、親族らしき面々が神妙なたたずまいで座っており、仏壇のそばに窶《やつ》れた顔の女性がひとり項垂《うなだ》れていた。

「ご母堂じゃ」

山田に誘われて対座し、お悔やみを述べる。

母親は畳に両手をつき、顔をあげようともしない。

桃之進は立ちあがり、褥《しとね》に横たわる故人の顔を拝みにいった。

末松丈太郎は白い布で傷ついた頭を包まれ、顔には薄化粧をほどこされている。紅を差した赤い唇もとが、妙に生々しく感じられた。

焼香を済ませて戻ると、母親がさっと右手を伸ばし、袖口に文を捻じこんでくる。

「葛籠さまに、それを預かっておりました」

「え」

「誰もおらぬところで、ご覧くだされ」

母親は身を離し、畳に両手をついてみせる。

一瞬のことだったので、誰ひとり気づいていない。

素知らぬ顔で表口へ向かうと、山田の顔色が変わった。

「あっ、鮫島さまがおいでじゃ」

「え」

「知らぬのか。鮫島外記さまじゃ。末松の元上役でな、つぎの勘定吟味役になられるお方よ」

「山田さま、何を焦《あせ》っておいでです」

「阿呆、これが焦らずにおられるか。土産《みやげ》を忘れたのじゃ。通夜に来られることがわかっておれば、餅《もち》のひとつも携《たずさ》えてきたものを」

「餅」

賄賂《まいない》のことだ。

通夜の席で不謹慎ではないかと言いかけたが、桃之進は自重した。

表口が何やら騒がしくなり、恰幅の良い五十絡みの男があらわれた。

偉そうに胸を反らし、胡座《あぐら》を搔いた鼻の穴をおっぴろげている。

「これはこれは、鮫島さま」

さっそく、勘定方の木っ端役人どもが群がり、機嫌を取ろうとする。

なかには、袖の下に手を突っこむ者まであった。

山田は遅れを取り、地団駄《じだんだ》を踏んで口惜しがる。

鮫島は群がる手下どもを適当にあしらい、左右の袖をじゃらじゃらさせながら仏壇のそばに近づいた。

母親の正面にどっかと座り、お悔やみを述べる。

「こたびは、おもいもよらぬことでござったな」

みなが仰天したのは、そのあとだった。

母親は表情ひとつ変えずに立ちあがり、右の拳《こぶし》でぽかりと鮫島の頭を叩いたのである。

「げっ」

部屋にいる全員が凍りつき、鮫島の顔はみるまに赤くなった。

「こりゃまずい」

桃之進は毛臑《けずね》を剝き、だっと駆けだした。

「ご母堂さま、気狂いなされたか」

有無を言わせず、母親をひょいと抱きあげる。

口をあんぐり開けた親族に母親を託し、奥の部屋へお連れしろと身振りで命じた。

そして、何食わぬ顔で鮫島に向きなおり、できるだけ丁重に告げてやる。

「だいじな息子に死なれ、混乱した母はあのようなことをしでかしました。どうか、寛大なお心でお許しくだされ」

鮫島は怒りを抑えかね、口から唾《つば》を飛ばす。

「誰じゃ、おぬしは」

「葛籠桃之進と申します」

「どこの葛籠じゃ」

「は、北町奉行所の与力をつとめております」

「ん、町方じゃと」

鮫島の顔に警戒の色が浮かぶ。

桃之進はそれと察したが、気づかぬふりをした。

「一年前までは、勘定所に出仕しておりました。向こうでは、のらく者と呼ばれておりましてな」

「のらく者だと……ふん、知らぬわ」

「およよ、ご存じありませなんだか。ま、居ても居なくてもどうでもよいのらく者など、外に出されても仕方ありませんな」

「なにゆえ、おぬしがここにおる」

怒気を発する鮫島に向かって、桃之進は咄嗟に罠《わな》を仕掛けた。

「末松どのとは、つうかあの仲でござりました」

「つうかあの、それほど親しかったのか」

「赤西弥助どのの一件でも、いろいろお世話になりましてな」

「赤西だと。情死した不届き者と、何の関わりがあるのじゃ」

「おや。情死とは初耳ですな。拙者、何者かに殺《あや》められたと聞きましたが」

「何だと」

鮫島は身を乗りだし、真っ赤な顔で問うてくる。

「おぬし、狙いは何じゃ」

「別に、狙いなどござりませぬが。わたしの役目は金公事ゆえ、殺しの探索はいたしませぬ」

「金公事だと」

鮫島は首をかしげ、ふっと頰を弛《ゆる》める。

「まあ、よかろう。母御も一人息子を亡くし、気が動顚《どうてん》してしまったにちがいない。ぬはは、今宵のことは忘れてつかわす」

はぐらかされた。

鮫島は焼香もせず、すたすた去っていく。

山田が蒼白な顔で、あたふたと駆けてきた。

「心ノ臓が飛びだすところであったぞ。母御が無礼打ちにされるのではないかとな。よう、あの場をおさめてくれた。わしも元上司として鼻が高いわ」

「はあ」

「ところで、鮫島さまと何をはなしておった」

「たいしたはなしではありませんよ」

「まことか」

「ええ」

桃之進は不満げな山田を残し、勝手口から厠《かわや》へやってきた。

心もとない光のそばで、袖に捻じこまれた文を開いてみる。

――橋普請一万両。

とだけ、綴られてあった。

末松の告げたかったことが、益々、わからなくなる。

「何だこれは」

「まいったな」

桃之進は袴《はかま》をたくしあげ、無理に小便を搾《しぼ》りだした。

五

通夜から三日後の八つ刻（午後二時）過ぎ、桃之進は北町奉行所の白州に呼びつけられた。

無論、引ったてられたわけではないが、相手は罪人の気分を味わわせようとしたのかもしれない。

考えてみれば、白州をじっくり眺めるのは、こちらに来てはじめてのことだ。

いつもは、厳然と立ちはだかる高い塀の向こうから、そっと窺《うかが》うようにしている。

いざ、足を踏みいれてみると、白州は古刹《こさつ》に築かれた石庭のような閑寂《かんじゃく》さに包まれていたが、想像したよりも狭い。夕刻は使用されることもあまりないようで、立ちよる役人はいなかった。

しばらくすると、三尺幅に折りまわされた廊下を、絽《ろ》羽織の与力が滑《すべ》るように歩いてきた。

「葛籠か、こちらへ」

「は」

呼びかけた男は廊下のうえに仁王立ちし、降りてこようともしない。

吟味方与力の荒尾中馬であった。

短軀《たんく》だが、ぎっしり身の詰まったからだつきをしている。

顔は達磨《だるま》のようで、太い眉は逆さ八の字に吊りあがっていた。

顔は見知っているものの、ことばを交わしたことは一度もない。

桃之進は突っ立ったまま、お辞儀をした。

「呼びたてててすまぬの。金公事方はどうじゃ」

「え」

「これといって、やることもなかろう。聞いたぞ。甲州流しの筆頭にあげられているそうではないか」

「そ、そうなのですか」

漆原帯刀を舐《な》めていたようだ。

着々と外濠を埋められていた。

知らなかっただけに、衝撃は大きい。

「甲州へ行きたいのか」

「まさか」

「されば、どうじゃ。わしのもとへ来ぬか」

「それは、吟味方になれということでしょうか」

「さよう。役人なら誰もが羨《うらや》む華の吟味方じゃ。近々、欠員がひとり出ることになってな。わしの推輓《すいばん》があれば、できぬ相談ではない」

「いかに荒尾さまとて、無理難題でござりましょう」

「いいや、できる。要は、これ次第さ」

荒尾は薄く笑い、人差し指と親指を丸める。

人事を司《つかさど》る漆原にたいして、賄賂を使う気なのだ。

「案ずるな。わしのほうで工面いたす」

「荒尾さまが。それはまた、どうして」

「おぬしを買っておるからよ」

桃之進は、首をかしげた。

「わかりませぬな」

「おぬしのことを、ちと調べさせてもらった。無外流免許皆伝の腕前をひっさげ、十五年前、御前試合に出ておるな。しかも、申しあいで猛者《もさ》どもを打ちやぶり、頂点に立った。音に聞こえた剣客ではないか。とてもそうはみえぬが、能ある鷹は爪を隠すとも言うからな。その腕を貸してほしい」

「え、腕を」

「ふふ、わしもこうみえて、甲源《こうげん》一刀流の免状を持っておる。近頃の若いものは刀もろくに使えぬゆえ、憂慮しておったところじゃ。おぬしに連中を鍛《きた》えてもらいたいのよ。どうじゃ、わるいはなしではなかろう」

「はあ」

「どうした。浮かぬ顔ではないか」

「諾《だく》するか否《いな》か、即答せねばなりませぬか」

「あたりまえだ。おぬし、これだけの好条件を蹴る気か。華の吟味方と甲州流しを天秤《てんびん》に掛け、即答できぬとはのう。まったく、理解に苦しむわい」

桃之進は、くっと顎《あご》を引きあげた。

「ひとつ、思い出したことがございます」

「何じゃ」

「湯島の高利貸しで天神の岩吉なるものが、荒尾さまの名を挙げ、文句があるようなら荒尾さまを通せと抜かしました」

「それで」

「きゃつめに縄を打つお許しを頂戴したいのでございます」

「罪状は」

「いろいろとございますが、とりあえずは後家貸し殺しでいかがかと」

荒尾の顔色が変わった。

桃之進は構わず、淡々と喋りつづける。

「五年前に切腹した勘定方長谷川蔵人の妻、奈津はご存じでしょうか。湯島の妻恋町にて金貸し業を営んでおりましたが、何者かに斬殺されました。当初は物盗り目当ての凶行とおもわれましたが、のちの調べで片瀬元十郎なる浪人の仕業と判明いたしました。片瀬は岩吉に雇われた用心棒にございます。後家殺しを片瀬に命じたは、岩吉やもしれません」

「証拠はあるのか」

「くく、荒尾さまらしくないことを仰る」

桃之進は、底意地の悪そうな顔でせせら笑う。

「証拠なんぞ要りますか。岩吉をふん縛って吐かせりゃいいんです」

「おぬし、戯《ざ》れておるのか」

「いいえ。大真面目にござります。拙者が晴れて吟味方に就いたあかつきには、まずまっさきに岩吉めを引っ捕らえ、何から何まで吐かせてやろうと考えておりますが、いけませぬか」

「止めろと言ったら」

「せっかくのおはなしですが、お断りするよりほかにござりませぬな。そもそも、手前はのうらく者ゆえ、責の重いお役目には向いておりませぬ。荒尾さまの配下にくわえていただいても、足手まといになるだけかと」

「ふん、食えぬ男よ」

荒尾は干涸《ひか》らびた痰《たん》でも吐くように言い、くるっと背中を向けた。

懐柔しようとしてもそうはいかぬ。

鮫島外記に伝えておけと煽ってもよいが、やめておこう。

岩吉の名を持ちだしただけで充分だ。

さて、つぎはどう出る。

何やら、わくわくしている自分が、桃之進は不思議でたまらなかった。

六

翌日の夕暮れ。

おしんの見世で暑気払いでもしようと、木原店へ足を向けた。

敵がどう出るかと、昨日はそればかり考えていたが、あまりにも暑いので脳みそを使う気も失せた。

それでも、生得の勘だけは働く。

聖天稲荷の四つ辻を面前にして、ふと、桃之進は立ちどまった。

狭い道の前後に目をやっても、行き交う人はいない。

正面の低いところに杏子色の夕陽があり、みずからの影が後ろに長く伸びている。

涎《よだれ》を垂らした野良犬が、軒下を気怠そうに歩いてきた。

「妙だな」

いつもとちがう空気がただよっている。

野良犬は桃之進を追いこし、辻の暗がりへ消えていく。

「きゃん」

短い悲鳴が聞こえた。

辻陰から、血の滴った白刃がぬっと突きだされる。

桃之進は身構えた。

白刃を握っているのは、深編笠の侍だ。

長身にして痩軀《そうく》、背をやや丸め、刃先を下げたまま近づいてくる。

扮装にこだわっているようで、鮮やかな夏虫色の単衣を纏《まと》い、朱塗りの鞘を帯びていた。

不思議と、殺気は感じない。

十間の間合いを切ったところから、するすると迫ってくる。

桃之進は撞木《しゅもく》足に構え、ぴっと鯉口を切った。

鞘走る。

白刃を閃《ひらめ》かせた孫六が、八相に振りあげられた。

相手はからだを投げだすように、胴斬りを仕掛けてくる。

咄嗟に、甲源一刀流の太刀筋を想起した。

が、短軀の荒尾とはからだつきがちがう。

「ぬおっ」

桃之進は半身になり、片手持ちで弾きかえした。

相手は間合いから逃れもせず、舞うように身を寄せてくる。

気合いも発せず、息遣いすら感じさせず、喩えてみれば、戸口の隙間にぬるっと入ってきた鰻《うなぎ》のようだ。

二撃目の上段斬りも弾き、つづく袈裟懸けも弾きかえした。

だが、相手はまとわりつくように攻撃を仕掛けてくる。

桃之進はたまらず、横飛びに避けた。

「何やつだ。荒尾中馬の子飼いか」

叫びかけると、薄い唇もとが吊りあがった。

編笠の内で笑ったらしい。

「わしが与力の子飼いとな。ふっ、おもしろい」

「ちがうというなら、飼い主は誰だ」

「飼い主などおらぬわ。ちょえ……っ」

男はしなやかな動きで、中段から突きかかってくる。

必殺の一撃だった。

これをどうにか弾くや、相手は弾かれた勢いのまま、桃之進の鼻面めがけて両肘《ひじ》を突きだす。

「ぬわっ」

肘と肘の狭間から、鮫皮の巻かれた柄《つか》が伸びてきた。

おもわず顎を引いた瞬間、石のような柄頭が口に埋めこまれる。

——ばきっ。

粗朶《そだ》を折ったような音が耳の奥で鳴った。

鉄を舐めた味が、口いっぱいにひろがる。

「ぶはっ」

桃之進は、大量の血を吐いた。

唇が石榴《ざくろ》のように裂けている。

その程度で済んで幸運だった。

相手は必殺の柄砕きで、顎を狙っていたのだ。

可笑《おか》しくもないのに、桃之進は血だらけの口でにやっと笑った。

前歯が上下二本とも、折れている。
まるで、地獄の獄卒のような顔だ。
「ふえい」
反撃の一刀は、空を切った。
間合いを逃れた男は横を向き、ぺっと痰を吐く。
「悪運の強いやつめ」
仕舞いまで編笠を取らず、素早く納刀するや、音もなく去っていった。
「うぬ」
桃之進は、がくっと片膝をついた。
地べたに、何か白いものが落ちている。
這うように近づき、拾いあげた。
折られた前歯ではない。
根付《ねつけ》だ。
精緻《せいち》な髑髏《どくろ》の細工がほどこされている。
煙草入れに付いていた男の持ち物だろう。
空を切った一撃は、けっして無駄ではなかった。

根付を袖口に仕舞い、桃之進はどうにか立ちあがる。
ふらつく足取りで塀際まで近づき、山形に積まれた水桶をひとつ拝借した。
ざぶんと、桶のなかへ顔を突っこむ。
激痛が全身を貫いた。
水は真っ赤に染まっていく。
頭が桶から抜けず、溺《おぼ》れかけた。
尻餅をつき、ようやく頭が抜けた。
全身ずぶ濡れになり、荒い息を吐く。
水溜まりに映ったのは、化け物の顔だ。
この顔では、おしんのところへも行けぬ。
それが何よりも口惜しい。
がっくり項垂《うなだ》れ、来た道を戻りはじめた。
木原店の表通りまでやってくると、青物市場《やっちゃば》の喧噪《けんそう》が聞こえてきた。

七

唇が倍にも膨らんだ顔を眺め、絹は「あら、まあ」とだけ言った。

さほど驚きもしない。

香苗は引きつった顔で棒立ちになり、奥へ逃げてしまった。

舎弟の竹之進が笑いを怺《こら》えながら問うたので、小石に躓いて転んだと嘘を吐いた。

仏間から飛びだしてきた勝代は眦《まなじり》を吊りあげ、気を抜いているから罰が当たったのだと叱《しか》りつけた。「うつけ者」と詰《なじ》られ、絹の手鏡を覗いてみると、なるほど、前歯の欠けたうつけ者が映っている。

「みじめすぎるな」

町医者にかかるまでもないと放っておいたが、胸のあたりがむかむかして食欲はわかない。口を動かしただけで激痛が走るので、当面は湯漬けで済ませるしかなさそうだ。

翌朝になっても腫《は》れは引かず、高熱を発して床に臥《ふ》せった。

やることだけはやっておかねばとおもい、草履取りの伝助に髑髏の根付を持たせ、金公事蔵の連中に刺客に襲われた経緯を告げさせた。

午《ひる》過ぎになっても、音沙汰はない。

絹は町医者ではなく、評判の口中医を呼んだ。

有能だが口のわるい男で、前歯を無くせば寿命は三年縮《ちぢ》まると説いた。

夕刻には熱も腫れも引いたが、人相はすっかり変わってしまった。

まるで、断食修行に疲れた修験者のようだ。

唇もとの柔らかさが消え、人懐っこい笑顔をみせることもできない。

「おしん」

この夏は、涼み船をあきらめねばなるまいか。

言いようのない淋しさにとらわれてしまう。

暮れ六つ過ぎ、安島と馬淵と三郎兵衛が雁首《がんくび》を揃えて訪ねてきた。

「お見舞いに伺いました」

お調子者の安島は、女たちの好きそうな甘い土産を携《たずさ》え、三郎兵衛は何のつもりか一升徳利を提げている。

「みなさま、ようこそおいでくだされました」

配下の連中が息子を気遣ってくれたのがよほど嬉しかったのか、勝代は三人を客間にあげ、盆と正月しか頼んだこともない表通りの仕出し屋から豪勢な料理を持ってこさせた。

猫足膳に馳走が並べられ、即席の酒宴が張られた。

上座の桃之進は料理はもちろん、酒すら一滴も呑めず、憮然《ぶぜん》とした面持ちで座りつづけるしかない。不謹慎にも、三人はそうした様子をおもしろがり、上役を肴《さかな》にして長っ尻をきめこんだ。

絹が酌にあらわれ、勝代に促されて梅之進と香苗が嫌々ながら挨拶にやってくる。どうでもよい世間話やら上役の悪口やらに花が咲き、肝心のはなしはいっこうに出てこない。

宴もたけなわになったころ、黙々と食ってばかりいた馬淵が喋りだした。

「末松丈太郎さまの母御より託された文の件ですが。『橋普請一万両』なる一文がどうにも気に掛かり、山田亀左衛門さまを訪ねてまいりました」

「まことか。何でそれをまっさきに言わぬ」

叱った声が疳高《かんだか》く、自分のものとはおもえない。

「うほほ、痛みのせいですな」

安島は笑ったが、桃之進は相手にしない。

「馬淵、山田さまは何と」

「はい。橋普請だけで一万両もの費用を出金した例は記憶になく、予定もないと仰いました。両国の大橋でも落ちぬかぎり、それだけの出金は上にみとめられまいとも」

「大橋でも落ちぬかぎりか。さもあろう」

桃之進は宙をみつめ、口の痛みを嚙みしめる。

「それと、お預かりした根付の件ですが」

「おう、それだ。何ぞわかったか」

「髑髏を細工した根付師をみつけました」

「でかした。さすが、元隠密廻りだな」

馬淵は会釈し、膝を躙りよせてくる。

「根付を注文したのは、羽後松山《まつやま》藩の納戸《なんど》役にござりました。贈答用に同じものを三つ注文されたとのことで、もう半年前のはなしになりますが、髑髏という稀《まれ》な注文だったので、よくおぼえているとのことでした。そこからさきは、まだ」

「ふむ。ようやってくれた」

安島が盃をあげ、赤ら顔で口を挟む。

「ご存じのとおり、羽後松山藩と申せば二万五千石の小藩ですが、藩主であらせられる酒井石見守忠休《さかいいわみのかみただよし》さまは若年寄のご重職に就いておられます」

　第三代藩主忠休は齢七十を超えてもなお、意気軒昂《けんこう》な殿様であった。幕政への参画は名誉なことだが、一方で出費がかさみ、藩財政の窮乏を招いた。家臣二百七十名の連署により隠居を迫られるという屈辱を味わわされ、どうにかこうにか騒動は鎮まったものの、親藩の庄内藩から監視役を受けいれることを余儀なくされた。

　今年の弥生二十四日、殿中で起こった若年寄田沼意知への刃傷沙汰のときも、そばにあって一部始終を目撃していた。御用部屋から桔梗《ききょう》の間へ向かう途中、新番士の佐野善左衛門がいきなり斬りつけてきたのだ。忠休は傍観に徹し、意知を見殺しにしたにもかかわらず、咎《とが》められなかった。

「羽後松山藩と葛籠さまを襲った刺客がどう結びつくのか。そのあたりに絞って調べていけば、早晩何か浮かんでまいりましょう」

「ふむ、頼んだぞ」

「それと、もうひとつ」

　馬淵は、馬面を引きしめた。

「辰巳屋惣五郎の名は、おぼえておられますか」

「関屋村はじめ五ヶ所村の土手普請を託された元請けだ。丸投げで大儲けした悪党であろう」

「はい。かの辰巳屋、羽後松山藩の御用達であるばかりか、羽後八藩すべてに出入りし、大名行列の際などには大勢の中間《ちゅうげん》どもを送りこんでおります」

「ほほう」

絡まった糸が、次第に解けてくる。

「辰巳屋はたしか、本所一ツ目にあったな」

「それが何か」

「回向院のそばだ」

「なるほど、末松さまがなぜ、回向院の大銀杏を待ちあわせさきに選んだのか。そのあたりと関わりがありそうですな」

「辰巳屋を張りこまねばなるまい」

「は」

疳高い調子で命じた途端、酒を喰《くら》っていた安島と三郎兵衛も背筋を伸ばした。

八

大橋の西詰、柳橋辺りの料理茶屋は金が掛かることで知られている。東詰、向両国の尾上《おのえ》町や藤代《ふじしろ》町にも一流の料理茶屋が軒を並べ、ことに竪川《たてかわ》の進入口にあたる尾上町には『川島《かわしま》』という見世があった。

辰巳屋惣五郎も行きつけの茶屋で、生け簀《す》に泳がせた新鮮な魚を食わせるのが売りだ。今時分は、目張《めばる》や鯒《こち》や鱸《すずき》などとお目に掛かることができる。旬の魚は値が張るので、貧乏役人の分際ではおいそれと敷居をまたげない。

見世のなかは広く、中心に巨大な生け簀が置かれ、吹き抜けの二階は回廊風に造作されている。

桃之進ら金公事蔵の面々は雄藩の勤番侍に化け、さきほどから酒を舐めていた。魚料理は注文せず、肴も香の物が一品のみと淋しいかぎりだが、席料だけでも一人一朱取られるので、たまったものではない。芸者も幇間《たいこもち》もおらず、酌婦も付かず、ときおり、手代が覗きにきては聞こえよがしに舌打ちして居なくなる。

「みじめな気分ですな」

安島が溜息を吐いた。

これも正義をおこなうためだと、桃之進はみずからに言い聞かせ、粘り腰ですでに一刻半は居座っている。

回廊に沿って区切られた部屋は開けはなたれており、つぎつぎに客は入れ替わっていったが、唯一、奥の部屋だけは襖《ふすま》障子が閉めきられ、辰巳屋惣五郎とその客が籠もっていた。

「悪だくみの相談でしょうな」

安島は軽口を叩き、腹の虫をくうっと鳴らす。

辰巳屋は五十なかばと聞いていたが、見掛けは若々しい。

潮焼けした網元のような風貌で、俠気《おとこぎ》を売り物にする口入屋の親分らしく、相手を呑みこむような迫力があった。

「使いっ走りからの叩きあげだそうですよ」

「ほう」

接待された客はふたりで、ひとりが普請奉行の江頭内匠頭であることはわかっていた。

江頭は牛なみの巨漢で、顔の造作も大きい。

はだけた絽羽織の胸元には、胸毛がぼうぼうと生えている。

「普請奉行があれほど毛深いとは、おもいもよりませなんだ。ぬふふ」

「安島、笑いすぎだ」

「すみません。ふふ、それにしても、あの御仁、噂では三日にあげず、芳町《よし》に通いつめておられると聞きました」

「芳町というと、蔭間《かげま》茶屋か」

「ご名答。普請奉行は男色にござる。しかも、目当ては前髪も麗《うるわ》しい蔭間にあらず、醜《みにく》い女男が好みとか」

「変わった趣向だな」

「いかにも、そのようですな」

もうひとり、正体のわからぬ侍のほうは細身で丈が高い。頭巾をかぶったまま部屋に入ったので風貌は目にできなかったが、纏《まと》った着物から推せばかなり身分の高い人物であろう。

しばらくすると、三人目の客が遅れて到着した。

桃之進は盃を置き、身を乗りだす。

「鮫島だ」

偉そうに手代をあしらい、奥の部屋に消えていく。

「ふふ、あとは吟味方与力の荒尾中馬と天神の岩吉がくわわれば、悪党の揃い踏みですな」

安島の囁くとおりだ。

「頭巾の人物は、黒幕でしょうか」

「さあな」

ともあれ、いずこかの普請に託《かこつ》けて、ひと儲けを企んでいるのだろう。

「企みさえ知ることができれば、悪党どもをぎゃふんと言わせられるかもしれませんな」

それから半刻ほどで悪だくみは終わり、まっさきに頭巾の人物が廊下に出てきた。

黙然と待ちつづけていた馬淵が立ちあがり、気配を殺して追いかける。

つぎに出てきたのは、普請奉行の江頭と勘定方の鮫島だった。

「では、行ってまいります」

戯《おど》けたように声を漏らし、安島もあとを追う。

見世の外には三郎兵衛が待機しており、安島とふたりで手分けして各々の行き先を確かめる手筈になっていた。

仕舞いに辰巳屋が満足げな顔であらわれると、桃之進も尻を持ちあげた。

「お待ちを」

賢《さか》しげな手代が、勘定書きを携えてくる。

「いくらだ」

「へえ、二分一朱で」

「何だって」

空きっ腹で金を払う理不尽さを嚙みしめつつ、すっかり夜の更けた表へ繰りだす。

今夜は眠らずに事の成就を祈念する立待《たちまち》、月は凶兆《きょうちょう》を暗示するかのように赤みがかっている。

妙に頭は冴えていた。

すべてを呑みこむ川音が静寂を深めている。

桃之進は橋番屋を通りすぎ、大橋のなかほどまでやってきた。

長さ九十六間におよぶ大橋を埋めた見物客は嘘のように消え、川面に浮かぶ艫《とも》灯りも数えるほどしかない。

町木戸の閉まる亥《い》ノ刻（午後十時）を過ぎたら、花火を打ちあげてはならなかった。

にもかかわらず、何気なく川上に目をやると、突如、炎が閃《ひらめ》いた。
——ぼん。
花火筒だ。
びっくりして、欄干に齧《かじ》りつく。
白い煙が筋を曳き、昇龍のように高みへ昇る。
弾けた。
夜空に咲いた大輪の花は、おしんといっしょに愛でた極楽鳥にほかならない。
「仙造め」
桃之進は欄干から身を乗りだし、筏を探した。
暗闇に紛れて、見定めることもできない。
が、仙造にまちがいなかった。
牢に繋がれているはずの男が、なぜ、平然と花火を打ちあげることができるのか。
その理由を、桃之進は考えあぐねた。

九

中庭に面した部屋で書見台に向かい、難しい軍略書を読んでいる。

一字一字が木の葉のように流れ、頭に入ってこない。

気配もなしに襖が開き、弟の竹之進が顔を覗かせた。

「お邪魔ですか」

「いや」

「では、失礼」

心地よい夜風が頬を撫でた。

竹之進は胡座《あぐら》をかき、とりあえず戯《ざ》れ句を唸《ひね》ってみせる。

「臥《ふ》してみる唐松の枝に刺さる月。いかがです、ひさしぶりに夜を徹して語りあかしませんか」

「どうして」

「まずは、これを」

竹之進は袖口に手を突っこみ、桐の小箱を差しだす。

「どうぞ、お開けください」

言われたとおりに蓋を開けると、小さな歯が四本置いてあった。

「柘植《つげ》の差し歯です。差せば、人相も少しはましになりましょう」

「ふん、余計なお世話だ」

口では強がってみせたものの、気遣ってもらったことが嬉しかった。

「兄上の筆名は、野乃侍野乃介《ののじののすけ》でござりましたな。とんとご無沙汰のようですが、ご趣味の散文書きはどうなされた。廓通いの若旦那が行く先々で面白い騒動を巻きおこす。あの滑稽譚《こっけいたん》のさきが読みたいですな」

「おぬし、どうして筋を知っておる」

「隠れて読ませていただきました」

「何だと」

「まあ、怒らずに。なかなかの力量にござりますぞ。ひょっとしたら、才があるのは刀ではなしに、筆のほうかもしれませんな」

「何を抜かす」

「褒めたのですよ」

「とんちき亭とんまなぞと名乗る穀潰しに褒められても、嬉しくも何ともないわ」

「ずいぶん、尖《とが》っておいでですな」

竹之進は薄く笑い、顔を覗きこんでくる。

「やはり、悪党どものことが頭から離れませぬか」

「何が言いたい」

「安島左近に聞きましたぞ。とんでもない悪党どもを相手になさっているとか」

「狸め、おぬしに何を喋ったのだ」

「手はじめに、後家殺しと猪俣軍兵衛どのの一件をはなしてくれましたよ」

「なにっ」

桃之進は目を剝いた。

「まあまあ、お聞きくだされ。今から五年前、猪俣どのは長谷川蔵人なる勘定方の同僚ともども偽の印判を作成し、千二百両の出金手形を偽造したのだとか。人は見掛けによらぬものですな。猪俣どのに命を下したのは、兄上のご想像どおり、当時の上役であった鮫島外記にまちがいありませんよ」

楽しげに喋る弟のはなしを、桃之進はうんざりした顔で聞いた。

「猪俣どのや切腹した長谷川蔵人にかわって鮫島の手先となったのは、赤西弥助という小役人でしたな。赤西も口を封じられましたが、情死のかたわれに仕立てられた哀れなおなごは、じつは五年前、長谷川蔵人がひそかに囲っていた私娼だった。そのおりんというおなごは、天神の岩吉と繋がっていた。いずれも、仕組まれた臭いがぷんぷんいたします。岩吉は悪党どもの汚れ役を仰せつかっていたのでしょう。無論、一連の殺しにも深く関わっております。岩吉の悪事が露見しないのは、吟味方与力の荒尾中馬を後ろ盾にしているからですな」

竹之進の口調は、いつになく熱を帯びてきた。

桃之進は柘植の差し歯を弄《もてあそ》び、黙って聞いた。

「鮫島は、手下に片棒を担がせて公金を横領したばかりか、普請奉行の江頭内匠頭と結託し、土手普請でも荒稼ぎをした。口入屋の辰巳屋惣五郎にあらかじめ落札金額を知らせておき、元請けにした。法外の手数料を抜いたうえで、下請けに土手普請を丸投げさせ、抜いた金を還流させたのです」

理路整然と筋を描く弟が、別人におもえてきた。

凜として真面目に何かを語っていることが、どうにも信じられない。

「人々を失意のどん底に落としこむ火事や出水は、一方でまた、復興という希望の光をもたらす契機ともなります。お上から膨大な普請費用が投じられることで働き口が生まれ、江戸じゅうが活気を帯びてくるのです。されど、災いを利用し、復興の陰であくどく儲《もう》ける連中もいる。大普請の丸投げによる丸儲け。よろしいですか、兄上。こうした金儲けのからくりは、意図してつくることもできるのですよ。関口の水難がよい例ではございませんか」

「どうしたのだ、竹之進」

穀潰しの部屋住みが、目に涙を溜めていた。

怒っているのだ。

不肖の弟が、世の中の理不尽に怒っている。

「回向院で殺された末松丈太郎どのも、鮫島外記の手先だったにちがいありません。良心の呵責《かしやく》があったがゆえに、悪事のからくりを兄上に告白しようとした。それを察知され、口を封じられたのです」

竹之進の説くとおり、一連の出来事はすべて裏で繋がっている。

悪党どもにとって、土手普請や橋普請は公金を捻《ひね》りだす打ち出の小槌《こづち》のようなものだ。

「鮫島を後ろで操っているのが、普請奉行とおもいきや、さにあらず、別に黒幕らしき人物が控えているようですな。ただし、正体は闇のなか。うかうかしていると、取りかえしのつかないことになりますぞ。今や、悪党どもは災難を待つことに痺《しび》れを切らし、みずから災いをもたらそうと、企んでいるのかもしれません」

「何だと」

「橋普請一万両、末松丈太郎の遺した一文が、そのことを暗示しているとはおもいませんか。悪党どもは橋普請の名目でお上に一万両を出金させ、丸投げで抜きまくり、何千両もの金を手にする腹なのです」

なるほど、そうかもしれない。

「兄上、橋普請をおこなうには、橋が落ちなければなりません。されど、鉄砲水でも出ないかぎり、橋が損壊したり、流されたりすることはない。悪党どもは何か別の手法で、橋を落とそうとしているのですよ」

「待たぬか。いったい、どの橋を落とすというのだ」

「一万両を出金させるとしたら、考えられる橋はひとつ」

弟にじっとみつめられ、桃之進は生唾を呑みこんだ。

「両国の大橋か」

「ご名答」

「いったい、どうやって」

「それさえわかれば、阻《はば》みようもござりましょう。企ての全貌を、一刻も早くあばきだされねばなりませぬぞ」

「ふうむ」

桃之進は唸《うな》った。

口惜しいが、竹之進の言うとおりだ。

敵がどれほど強大でも、企ての全貌をあばき、打ちたおす覚悟がいる。

「白刃《はくじん》踏むべし。兄上、武士の矜持をおもいおこしなされ。ここはひとつ、腹をきめねばなりますまいぞ」

竹之進は興奮醒めやらぬ面持ちで喋りきり、風のように去っていった。

十

芳町といえば蔭間茶屋、それは山と川の符牒ほどに知られていることだ。

安島と馬淵は顔を壁のように白く塗り、女形《おやま》のかぶる鬘《かつら》まで付け、花柄の派手な浴衣を纏った。

まるで、白塗りの狸と馬だ。

「おえっ、まともにみておられぬわ」

「葛籠さまこそ、醜いお顔ですぞ」

鏡台に映しだされた顔を眺め、そのとおりだとおもった。

動物に喩えてみれば、白塗りの貘《ばく》だ。

夢を食う貘が、悪夢を誘っている。

「甲乙つけがたい醜さでござるな」

安島は、真っ赤な口で笑う。

「されど、亭主のはなしがまことなら、獲物は目を輝かせて食いついてまいりましょう」

普請奉行の江頭内匠頭は、三人のなかで一番醜いと感じたひとりを選ぶにちがいないというのだ。

「ご存じのとおり、蔭間とは前髪も艶やかな美少年のことにござります。われら三人のすがたは、贔屓《ひいき》目にみても、地芝居の呼びこみか、宴席のツマに呼ばれた色物漫才師でござる」

ところが、江頭がちょくちょく顔を出すこの見世には、筋骨逞《たくま》しい男娼が何人かいる。

「拙者、亭主に貸しがありましてな。無理を言って化け物に化けさせてもらいましたが、何のための装いかは告げておりません。おそらく、余興のひとつとでも考えていることでしょう。よもや、普請奉行を填める罠《わな》だとはおもいますまい」

江頭は金払いのよい客で、三本の指に数えられる上客らしい。

無論、こうした趣向をおおっぴらにできないので、人影もまばらな夜更けに忍び駕《か》籠《ご》でやってくる。

「まことに、来るのか」

江頭は几帳面《きちょうめん》な人物で、判で押したように来る日を守る。

「かの牛奉行、罠が張られているのも知らず、のこのこやってくるというわけでござる」

亥ノ刻過ぎ。

安島の言ったとおり、一挺の忍び駕籠が表口につけられた。

降りてきたのは頭巾で顔を覆った侍だが、牛なみの巨体と胸毛は隠せない。

江頭内匠頭であった。

「さあて、牛奉行はいったい、誰を選ぶのか」

安島は、引きつったように笑う。

三人とも、選ばれたくはなかった。

選ばれたら酒の相手をし、したたかに酔わせ、企みを聞きださねばならぬ。

死んでも聞きださねばならぬと、三人で約束しあっていた。

場合によっては、褥《しとね》をともにする必要があるかもしれず、そうなれば人としての誇りを捨てなければならぬ。想像しただけでも、おかしくなりそうで、桃之進はこの場から逃げだしたくなった。

ともあれ、奥の十畳間で待っていると、江頭が頭巾をかぶったまま、小者に案内されてきた。

しっかり者の亭主が、畳に三つ指をつく。

「お大尽さま、ようこそ、おいでくださりました。常日頃から、手前どもの茶屋をご贔屓にしていただき、ありがとう存じます。まことに申し訳ございませぬが、本日ご指名の夕鶴《ゆうづる》が流行風邪を患い、お相手できぬようになりました。どうか、ご容赦いただき、ここに並んだ三人のなかから、お好みの敵娼《あいかた》をお選びくだされませぬか」

「ん、そうか」

「たまには、目新しい敵娼もよろしいのでは」

「ふむ、かまわぬぞ」

「へへえ、ありがとう存じます。ではどうぞ、お選びください」

「そうじゃな」

頭巾の眸子《まなこ》が光り、ひとりひとりを舐めるように眺めていく。

眼差しは、桃之進の面前を通りすぎた。

ほっとしたのもつかのま、頭巾が戻ってくる。

「おぬし、笑ってみろ」

言われたとおり、前歯の欠けた口で笑った。

ぱしっと、江頭は膝《ひざ》を叩く。

「きめた。おぬしだ」

「げっ」

悲しげな顔で作り笑いを浮かべると、江頭は手を握ってくる。

ほかの連中は、煙のように消えた。

入れ替わりに、豪勢な酒肴《しゅこう》が出される。

江頭は頭巾をはぐりとり、胸元をはだけた。

桃之進は仕方なく、銚釐《ちろり》を摘《つま》んで酌をする。

「おぬし、名は」

「桃奴《ももやっこ》と申します」

気づかぬうちに、声音《こわね》までつくっている。

みじめな気分だ。

「桃奴か、初《う》い名じゃ」

「お殿様は、さぞかし、お偉い方であられましょうね」

「わかるか」

「それはもう、凜々しいお顔にござります」

「ぬふふ、歯がないわりに、口は上手いな」

江頭は、かぽんと盃を呷《あお》った。

かなり強いようだ。

桃之進も返杯の酒を呑まされ、半刻足らずで二升ほど空にした。

ふたりとも、かなり酔ってきたが、桃之進はまだ役目を忘れていない。

「お殿様は、普請奉行であられましょう」

「おほほ、ようわかったな」

酔っているので、江頭はまったく警戒しない。

桃之進の腕を取り、ほっぺたを舐めようとする。

これを巧みに避け、問いを重ねた。

「近々、一万両の普請があるとお聞きいたしました」

「一万両か。それはまた、たいそうな普請じゃのう」

「あら、いやだ。ご存じなのでしょう。ちょいと、お聞かせくださいな」

「聞かせてやったら、何か、よいことでもあるのか」

できるだけ醜く、微笑《ほほえ》んでみせる。

「うふふ、胸毛を毟《むし》ってさしあげますよ」

「おほ、胸毛をか」

「はい」

「よし、教えてやる。一万両の大普請とは、橋普請のことじゃ」

「どこの橋でござりましょう」

「それは言えぬ」

「あら、どうして」

桃之進は江頭の胸にしなだれかかり、胸毛を指でひとたば摘むや、えいとばかりに毟った。

「ひゃっ」

「いかがです」

「やめられぬな」

「で、ござりましょう。さあ、白状しなされ」

「ぬへへ、大橋じゃ」

「え」

桃之進はきらりと目を光らせ、胸毛をまた毟りとる。

「ひゃっ、よせよせ」

「大橋などと、戯《ざ》れ言《ごと》を抜かすからですよ」

「戯れ言ではない。大橋を架け替えるのさ」

「わざと、壊すのですか」

「そうじゃ。橋脚を爆破する」

「爆破、まさか」

「できぬとおもうのか」

「あたりまえでしょう」

「それができるのさ。ただし、どうやってやるかは、口が裂けても言えぬ」

「いつ、爆破するのです」

祈るような気持ちで、肝心な問いを繰りだす。

「明晩じゃ」

至極あっさり、こたえは戻ってきた。

「さあ、毟ってくれ。ほれ、どうした」

桃之進は莫迦らしくなり、江頭のそばを離れた。

「おい、何をやっておる。ここからが佳境ぞ」

「仰せのとおり」

桃之進は鉄製の銚釐を摘み、江頭の眉間に振りおろす。

「ぬわっ」

ぱっくり開いた額から、夥《おびただ》しい鮮血が迸《ほとばし》った。

「糞奉行め、治平の恨みを思い知るがよい」

襖がさっと開き、隣部屋に隠れていた安島と馬淵が躍りこむ。

昏倒《こんとう》した江頭に猿轡《さるぐつわ》を塡め、長縄で両手両脚を縛《しば》りつけた。

「葛籠さま。酔わせた拍子に、もそっと聞きだすこともおありだったでしょうに。ちと、粘りが足りませぬぞ」

「安島よ、勘弁してくれ。これ以上、女男はつづけられぬ。それとも、おぬしが代わってくれるか」

「いいえ、もう充分でござる。ところで、この牛奉行、どういたします」

「素っ裸にして、大川にでも放りこんでおくか」

「そういたしましょう」

「いや、待てよ。大橋から吊るすというのはどうだ」

「名案ですな」

白塗りの安島と馬淵が、ふたり同時に発した。

十一

翌二十日、正午過ぎ。

桃之進は定町廻りの三郎兵衛をともない、参詣人で賑《にぎ》わう湯島天神の境内《けいだい》を突っきり、緩《ゆる》やかな女坂を下った。

坂下の切通町には、天神の岩吉の見世がでんと構えている。

おそらく、岩吉と後ろ盾の荒尾中馬が待ちかまえていよう。

桃之進のほうから挨拶をしたいと、申しこんでおいたのだ。

相手の警戒を解くために、わざわざ岩吉の見世を指定した。

「虎穴に入って虎を狩る。葛籠さま、お覚悟は」

「ぼちぼちだな」

弟の竹之進に言われたことばを反芻《はんすう》する。

――白刃踏むべし。

もはや、後戻りはできない。

強大な敵を相手取り、突きすすむ心構えはできている。

「からだが重そうですね」

「重い、たしかにな」

岩吉の見世は、強面《こわもて》の乾分《こぶん》どもで溢れていることだろう。

だが、荒尾中馬さえ黙らせることができれば、どうにかなるという勝算はあった。

もはや、吟味方与力の犯した罪は明白だ。片瀬元十郎の手になる後家貸し殺しも、情死にみせかけた小役人殺しも、段取りはすべて岩吉が仕組んだ。関屋村の治平から一人娘のおはちを奪ったのも、狡猾《こうかつ》な岩吉の仕業だった。荒尾はすべてを承知していながら、袖の下を摑まされ、あらゆる凶行を黙認した。その罪は重い。

荒尾のような与力が町奉行所の要《かなめ》にいたのでは、世の中のためにならない。

だからといって、縄を打つだけの証拠は得られず、白州で裁くことは難しかった。

なにせ、荒尾自身が裁く側の中心人物だけに、犯した罪を隠蔽《いんぺい》する手管はいくらでもあった。正面切って正義の裁きを下そうにも、最初から無理なはなしであることはわかりきっている。

となれば、手段はひとつしかない。

殺るか、殺られるか。

この場で勝負を決する覚悟はできているのかと、三郎兵衛は問うているのだ。

「さて、どうなることやら」

桃之進はわざと、とぼけてみせた。

不安げな三郎兵衛を辻陰に残し、悪党どもの巣穴へ向かう。

風にはためく太鼓暖簾《たいこのれん》には『岩』の字が躍っていた。

ゆらりと敷居をまたぎ、土間へ一歩踏みこむ。

強面の乾分どもが上がり端に並び、刺すような眼差しで出迎えた。

岩吉がまんなかに、どっかり座っている。

あいかわらず、膨《ふく》れた河豚《ふぐ》のような面《つら》だ。

「これはこれは、葛籠さま、お待ち申しあげておりましたぞ」

「ふむ」

桃之進は孫六を鞘ごと抜き、雪駄を脱いで廊下にあがる。

「おい、葛籠さまのお刀をお預かりせぬか」

岩吉に命じられ、乾分のひとりが袖を差しだす。

何食わぬ顔で孫六を預け、脇差だけ帯びて廊下を渡る。

岩吉に導かれて踏みこんだ離室《はなれ》には、荒尾中馬が床の間を背にして待ちかまえていた。

厳《いかめ》しげな達磨《だるま》与力は、逆さ八の字の太い眉を吊りあげている。

大刀はすぐ抜けるように、左手の脇に置いてあった。

下手な動きをみせれば、即座に斬るぞと、威嚇《いかく》しているのだ。

岩吉は荒尾の右隣に侍《はべ》り、桃之進は一間半の間合いまで詰めて対座する。

二尺五寸の大刀ならば、伸びあがって充分に届く間合いだが、一尺五寸足らずの脇差では届くまい。

乾分に預けた孫六は、床の間の端に置かれた刀掛けに掛けられた。

後ろの襖《ふすま》が閉まると、荒尾は油断のない物腰で喋りだす。

「葛籠よ、あらたまって、はなしとは何じゃ」

「は。先日、白州にて承《うけたまわ》ったおはなしにござります。この場にて、ご返答申しあげたいと」

「ふん、そのことか」

桃之進は、がばっと両手を畳についた。

「ご無礼の段、ひらにご容赦《ようしゃ》くださりませ。よくよく考えてみますれば、荒尾さまを頼るよりほかに生きながらえる術《すべ》はござりませぬ」

「ほう、今さら、わしの手下になりたいと申すのか」

「是非とも、配下におくわえいただきたく」

一瞬の沈黙ののち、荒尾は弾《はじ》けたように笑いだす。

「ふはは、岩吉よ、聞いたか。のうらく者が頭をさげおったぞ。こやつ、無外流の遣い手でな、味方につけておけば、けっこう役に立つはずじゃ」

「されど、荒尾さま」

と、岩吉が異議を唱える。

「こちらの旦那が裏切らぬという保証はござりますまい」

「心配はいらぬ。一度、恭順の意をしめした者など、子羊も同然じゃ。よもや、裏切ることはあるまい。禄《ろく》を喰《は》む小役人とは、そうしたものさ」

みずからの生きのびる道、抱える一族郎党のことをおもえば、無謀なまねはできぬし、甘っちょろい正義を貫く勇気も持てぬ。つまらぬ矜持を捨てさることは、木っ端《こっぱ》役人にとって何ほどのことでもないと、荒尾は自信満々に言いきった。

「そもそも、こやつは侍の矜持を捨てた男じゃ。のうらく者と呼ばれても、怒ろうともせず、芥溜《あくただまり》と蔑《さげす》まれる金公事蔵に押しこめられても、安穏《あんのん》とした日々を過ごしておる。そのような男に何ができる」

「荒尾さまがそこまで仰るなら、安心してもよろしゅうございましょう。されば、本日ただ今より、葛籠さまもお仲間ということで」

「いいや、それは踏み絵を踏んでからだ」

「踏み絵でございますか」

「今宵、はぐれ花火師を斬らせるというのはどうじゃ」

「なるほど、それは名案ですな」

岩吉は、二重顎を震わせる。

「花火師殺しを、ちょうど、上から命じられておりました。葛籠さまにお願いできるとなれば、一石二鳥にございます」

「お待ちを」

桃之進は、つとめて静かに口をひらいた。

「はぐれ花火師とは、極楽の仙造なる者のことでしょうか」

「おぬし、存じておるのか」

「はい。あの者が打ちあげた変わり花火、この目でしかと見定めました。人相風体も見知っております」

「ならば、はなしは早い。今宵、酉《とり》ノ六ツ半（午後七時）、本所回向院の本堂裏まで足労せよ。大銀杏のまえで、仙造に五十両の報酬を渡す約束になっておる。ふふ、金ではなく、おぬしには引導を渡してもらう」

「うはっ、うまいことを仰る」

横から茶化す岩吉を、桃之進は右手で制した。

「荒尾さま、仙造を斬る理由を伺いたい」

「理由を聞いてどうする。おぬしは、わしの飼い犬じゃ。ただ、命にしたがっておればよい」

「そうはいきませぬ」

「何だと」

凄《すご》まれて、襟《えり》を正す。

「人に引導を渡すには、渡すなりの理由がなければなりません」

「理屈をこねるでない」

「莫迦め、おぬしのことを申しておるのだ」

桃之進は、ころりと態度を変えた。

「わからぬのか。おぬしのごとき糞与力を葬るにも、それなりの理由がいるということさ」

「こやつ、わしを愚弄《ぐろう》する気か」

殺気が膨らみ、荒尾は左手を大刀に伸ばす。

「斬るがよい。悪党め」

「黙れ」

荒尾は大刀を摑むや、ずらっと抜きはなった。

片膝立ちになり、抜き際の一刀を浴びせてくる。

甲源一刀流、必殺の胴斬り。

「ぬりゃ……っ」

桃之進の生き胴は、横薙《な》ぎに薙がれた。

と、おもいきや、そうではない。

火花とともに、白刃は弾かれた。

破れた着物の下から、胴丸が覗いている。

分厚い鉄板を仕込んだ古具足であった。

「なにっ」

荒尾は目玉を見開いた。

桃之進はすでに、脇差を抜いている。

間合いは充分だ。

――ひゅん。

ごくっと生唾《なまつば》を呑んだ荒尾の喉笛《のどぶえ》が、ぱっくり裂《さ》けた。

「ひっ」

鮮血が迸《ほとばし》り、腰を抜かした岩吉に雨と降りそそぐ。

「ぬひぇえええ」

肥えた高利貸しは返り血を浴びて目も開けられず、全身血まみれになって叫びつづけている。

強面の乾分どもが、大挙して押しよせた。

桃之進は脇差を握ったまま、首を捻りかえす。

「うろたえるな。不浄役人を一匹成敗しただけのこと。文句のある者は掛かってくるがよい」

凄まじい啖呵《たんか》に気圧《けお》され、乾分どもはことばを失っている。

「おぬしには、縄を打ってくれよう」

桃之進は岩吉の首根っこを摑み、血の池に引きずりたおした。

十二

戌ノ刻（午後八時）。

本所回向院そばの垢離場は、暗くなってからも水垢離をおこなう裸の男たちでひしめている。大川の川面からは「懺悔懺悔、六根罪障」の大合唱が海鳴りのように響きわたり、土手に立っていても熱気はひしひしと伝わってきた。

長さ九十六間の大橋は見物人で埋めつくされ、擦れちがうのも苦労するほどだ。

数多《あまた》の涼み船も繰りだし、大橋を挟んで行き交っている。長大な屋形船や情事に使う屋根船、物売りのうろうろ船から鮮魚を運ぶ押送船《おしおくりぶね》まで、大小さまざまな船が浮かぶなかに、桃之進たちの乗る小船も浮かんでいた。

「ひい、ふう、みい……」

三郎兵衛はさきほどから何度も、橋脚の本数を数えている。

「葛籠さま、二十本は優に超えております。このうちの一本と定めてよろしいのでしょうか」

「よろしいも何も、そやつのことばを信じるよりほかにあるまい」

桃之進が顎をしゃくったさきには、はぐれ花火師の仙造が蹲《うずくま》っている。

手足をきつく縛ってあるので、逃げられる恐れはない。

今から四半刻前、仙造は五十両の報酬を手にしようと、回向院の本堂裏手に聳《そび》える大銀杏のそばへ、いそいそとやってきた。有無を言わせずに縄を打ち、頬を二、三度張ってやったら、みずからの調達した火薬玉で爆破する橋脚がどれなのか、あっさり白状した。

「おぬしは、死に神に魂を売った。みろ、大橋が落ちれば、あれだけ大勢の見物人が死ぬのだぞ」

仙造は膝を抱え、ぶるぶる震えている。

自分たちのやろうとしていることの罪深さに、あらためて気づかされたのだ。

「鍵屋を破門された恨みを、こんなことで晴らして何になる」

火薬のあつかいを知りつくした花火師は、大橋の橋脚を一本ずつじっくり調べ、どの橋脚がもっとも崩しやすいか見極めていた。火薬玉の量も、橋脚のどの箇所を爆破するのかも、花火職人としての経験から割りだし、これという一本の橋脚を選んでみせたのだ。

火薬玉を満載にした船は昨晩のうちに、何者かに引きわたされていた。船がいつあらわれるのかは、わからない。ただし、大勢の見物人を巻きぞえにするという狙いは、透けてみえる。橋普請で御金蔵から一万両もの大金を引きだすには、派手な演出が必要となるからだ。

船を漕いでくる者の正体を、仙造は口にしていない。

火薬玉の調達を持ちかけられ、やらねば命を奪うと脅された。にもかかわらず、義理だてでもしているのか、男のことは死んでも口にできないと抜かす。

桃之進は放っておいた。男の正体がおぼろげにわかっていたからだ。

隣で意気込む三郎兵衛には、まだ教えていない。

今は、火薬船をみつけることが先決だった。

この船を操るのは腕の確かな船頭だが、一艘では手に余る。ほかにも上流に四艘、下流にも二艘、足の速い六艘の押送船を用意し、練達の船頭に竿を持たせていた。隠密行動なので、捕り方は動員できない。安島や馬淵の顔で集まってくれた連中であった。

「葛籠さま、あれを」

三郎兵衛が、朽ちかけた橋脚の上方を指差した。

遥か高みの欄干から、安島左内が手を振っている。

真下に向かって綱が一本垂れており、後ろ手に縛られた褌《ふんどし》一丁の男が吊りさげられていた。

普請奉行の江頭内匠頭だ。

猿轡を嚙まされている。叫んでも声は聞こえまい。

人々の歓声すら、花火の炸裂音に搔き消されていた。

船に乗る見物人たちは夜空を見上げており、ぶらさがった裸体の男に気づく者はいない。

仙造は、ごくっと空唾を吞んでいる。

「気づかないものですね」

三郎兵衛は、ほっと溜息を吐いた。

「あいつ、吊るされた意味がわかっているのでしょうか」

「無論、わかっているさ」

火薬船が激突すれば、橋脚はひとたまりもない。何の因果か、崩れおちる予定の橋脚に吊るされていることを、江頭が承知していないはずはなかった。

「自業自得《じごうじとく》。欲に溺れた罰だな」

吐きすてる三郎兵衛の目に、上流から小船が飛びこんできた。

一艘だけ、あきらかに船足がちがう。

「あれだ。葛籠さま」

「ふむ、わかっておる」

命じてやると、予定どおり、五艘の船が橋脚を背に抱え、扇のように開いた。

「逃すな」

桃之進は船頭を煽り、迫りくる船に舳先を接近させる。

どの船も回頭し、行く手を阻《はば》む態勢をとった。

だが、火薬船は、船足を落とさない。

「突っこんでくるぞ」

船上の人影はひとつ。鼻と口を黒い布で覆っている。

だが、髷だけは隠せない。

「小銀杏髷です」

三郎兵衛は眉を寄せ、舷から身を乗りだした。

「あれは、もしや」

「わかったようだな。あれは、橋同心の黒田七助だ」

「何で」

「本人に聞かねば、まことのところはわからぬ。ただ、ひとつだけ確かなことは、やつが死ぬ気だということさ」

船はぐんぐん近づき、押送船の包囲網を破った。

「見逃してくれ。旦那方、見逃してやってくれ」

仙造が、泣きながら懇願する。

桃之進たちの目のまえを、火薬船は水飛沫《しぶき》をあげながら通過していく。

「黒田どの、おやめくだされ、おやめくだされ、黒田どの」

三郎兵衛の願いも虚しく、火薬船は普請奉行の吊るされた橋脚に迫った。

桃之進の目でみても、火薬の量は半端でない。いかに野太い橋脚でも、船が火達磨《だるま》となって激突した瞬間、砕けちる公算は大きかった。

「ぬおおお」

三郎兵衛は悲痛な叫びをあげ、仙造は身を縮める。

桃之進は瞬きもせず、火薬船の船尾を睨みつけた。

「避けろ、おもいとどまってくれ」

はたして、桃之進の願いが届いたのか。

火薬船は一尺そこそこの間合いで橋脚を擦りぬけ、斜めに舵《かじ》を切った。

大きく弧を描きながら船足を弛《ゆる》め、本所竪川の進入口へ向かっていく。

「急げ、早く」

桃之進たちも橋脚を擦りぬけ、水脈を曳く船尾を必死に追いかけた。

が、もはや、急ぐこともあるまい。

黒田は観念しているはずだ。

最後の最後で、良心を取りもどしてくれた。

桃之進は、感謝したい気持ちだった。

それにしても、黒田七助ともあろう者が、なぜ、悪党どもに魂を売りわたしてしまったのだろうか。

今にしておもえば、末松丈太郎を撲殺したのは、黒田だったにちがいない。

頭を撲った凶器は木刀ではなく、橋同心の背帯に差された十手だった。

花火師の仙造を捕縛し、牢から逃がしたのも、黒田のやったことだ。

いったんは逃がした仙造に近づき、激突爆破させる橋脚を選ばせたのも、火薬玉を調達させたのも、すべて黒田の仕業であった。

「三郎兵衛よ」

「は」

「黒田七助には、胸を患った妻女と年頃の一人娘がおったな」

「そう、聞いております」

「妻女の病を癒《いや》すにも、娘を嫁がせるにも、けっこうな金がいる。そのあたりに理由があるとはおもわぬか」

身を犠牲にすれば、大金が入ることになっていたのかもしれない。

仙造もそのはなしを打ちあけられ、心を動かされたあげく、火薬の調達を拒むことができなかったのだろう。

しかし、橋脚に突っこめば、罪もない大勢の人々を道連れにしてしまう。

橋を守るべき橋同心が、江戸名物の大橋を破壊してよいはずはない。

凶行の寸前で我に返ったのは、たぶん、妻女や娘の声を聞いたからだ。

――おやめくだされ、おやめくだされ。

それは自分を信頼し、敬《うやま》ってくれた若い定町廻りの声でもあった。
黒田の耳には、三郎兵衛の悲痛な叫びが届いていたのだ。
火薬船は、竪川の手前に沿った汀《みぎわ》の棒杭に括《くく》られてあった。
桟橋ではないが、船を寄せるには好都合なところだ。
橋同心でなければ、知りようのない汀であろう。
桃之進たちを乗せた船も、舳先を寄せていった。
膝まで水に浸かって降りたところには、丈の高い葭《よし》が群棲《ぐんせい》している。
桃之進は、胸が苦しくなるのを感じていた。
三郎兵衛も同様なのか、葭を踏みわけ、息を切らしながらさきへ進む。
ふたりは、葭叢《むら》の開けたところに躍りでた。
――ぼん。
背後の空に、花火が炸裂する。
わずかな月の光を浴びながら、黒田七助は息絶えていた。
脇差で腹を十文字に搔っさばき、とどめに首を突いたのだ。
「哀れなものよ」
桃之進がつぶやくかたわらで、三郎兵衛は肩を震わせている。

抑えようにも、涙が溢れて仕方ないようだった。

「魔が差したのだ。惜《お》しい男を失ったな」

小役人の弱味につけこみ、まんまと誑《たら》しこんだ者がいる。

いったい、誰が黒田を利用したのだろうか。

普請奉行の江頭でもなければ、与力の荒尾でもあるまい。

もっと大物だと、桃之進はおもった。

信用のおける相手でなければ、黒田ほど慎重な男がはなしに乗るはずはない。

弱味をついて囁きかけた人物こそ、黒幕ではないのか。

ともあれ、正念場は近づいている。

泣きつづける三郎兵衛の肩を抱き、桃之進は葭叢を離れた。

十三

向両国の『川島』では、狸顔の安島左内が待っていた。

回廊風に造作された二階の閉めきられた部屋には、勘定方の鮫島外記と辰巳屋惣五郎が控えている。大仕掛けの首尾を、今か今と待ちのぞんでいるのだ。

ただし、黒幕らしき人物の影はない。

「そうですか。橋同心は死にましたか」

安島はしみじみとこぼし、冷や酒を呷《あお》った。

「ま、どうぞ。葛籠さまも一献」

注がれた酒を一気に呷り、ほっと溜息を吐く。

「腹が減ったな。蕎麦《そば》でも頼むか」

「そういたしましょう」

安島は柏手を打って注文し、酒をまた注いでくる。

「ところで、柄《つか》砕きの返し技はおもいつかれましたか」

「いいや、いっこうに浮かばぬ」

「困りましたな」

「どうして」

「いずれ、その刺客ともやりあわねばなりますまい」

安島の言うとおり、その予感はあった。

「葛籠さま、ひとつ聞いてもよろしいですか」

「何だ、あらたまって」

「普請奉行のことです。あやつ、朝未《まだ》きに大橋から吊るそうとしたら、妙なことをほざきました。一目惚れした相手に、手ひどく裏切られたと。一目惚れした相手とは、誰のことだとおもわれます」

安島は笑いを怺《こら》え、酒を口に含んだ。

「わしか」

桃之進が応じた途端、ぶはっと酒を吹きだす。

「も、申し訳ございません」

生乾きの手拭いで顔を拭かれながら、桃之進はぱしっと膝を叩いた。

「開眼した」

「え、何をです」

「柄砕きの返し技だ」

「まことですか。お教えください」

「くだらなすぎて、教えられぬ。それより、とびっきり辛い七味を貰っといてくれ」

「七味をどうなさるのです」

「蕎麦に掛けて食うのさ」

はなしはそこで、ぷっつり途切れた。

馬淵斧次郎が、興奮の面持ちで駆けこんできたのだ。

「葛籠さま、ご舎弟のおかげで、根付の持ち主が判明いたしました」

「ん、竹之進がどうしたって」

「髑髏《どくろ》の根付を象牙《ぞうげ》細工と見抜かれたのです。根付師はそれを黙っておりました。なにせ、天竺《てんじく》渡りの象牙は御禁制の品ですからな」

「それで」

「あの根付、五十両はくだらぬ品だそうです。それだけ高価な根付を贈るとすれば、羽後松山藩にとってもだいじな相手にちがいない。おおかた、出入旗本であろうと、ご舎弟は仰いました。調べてみますと、なるほど、同藩の出入旗本は三人おり、髑髏の根付を贈られた者たちでした。驚くなかれ、三人のなかに、とんでもない人物がふくまれていたのです」

「もったいぶらずに、早く教えてくれ」

「本丸目付、高垣大膳《たかがきだいぜん》にござります」

本丸目付は若年寄《わかどしより》の意向を受け、普請奉行を差配する。

「なるほど、繋がるな」

羽後松山藩主酒井石見守とも懇意な本丸目付が黒幕だとすれば、これまで判明しなかったことの辻褄も合う。得体の知れない刺客どもを放つことも、目付ならお手のものだろう。

「高垣大膳は今ある七人の目付のなかで、次期筆頭目付にもっとも近い切れ者と評されております」

筆頭目付から遠国奉行、さらに町奉行へと昇進するのが旗本の出世道だが、野心旺盛な高垣ならば、大名となって幕閣への参入をも狙っているかもしれないと、馬淵は私見を述べる。

「それだけではございません。高垣大膳は鏡新明智流の免状を持つ遣い手にございました」

「ほほう」

「形の美しさと技の品格で知られる同流派には裏太刀があり、奥義のひとつに柄砕きがございます」

「そうか」

唇もとに負った傷が疼《うず》いた。

気配もない足の運びに、流麗な太刀さばき。あるいは、意表を突く柄砕きの戦法。おそらく、深編笠の刺客は、高垣本人であったやに相違ない。

すべての筋を描いたのは、幕政の重責を担う人物であった。

まともに挑んで、かなう相手ではない。

あらためて、敵の強大さを思い知らされた気分だ。

「じつは、もうひとつ、はなしがござります」

馬淵は口を結び、膝を躙《にじ》りよせてくる。

「高垣家には、幼くして養子に出された末弟がおりました」

激しい気性のせいで、同家格の旗本では養子に貰ってくれるさきがなかった。詮方なく、今は鬼籍に入った父親が御家人の家に預けたという。

「養子先はすでに御家人株を売り、大森《おおもり》のほうで海苔《のり》問屋を営《いとな》んでおります。御家人の姓を聞いて、耳を疑いました。片瀬というのが、養子先の姓にござります」

「片瀬元十郎か」

「は。葛籠さまが斬ったのは、高垣大膳の実弟にござります」

高垣は腕の立つ弟を呼びよせ、手足のように使い、凶行をやらせていた。

「許せぬな」

桃之進は吐きすてた。

老練な橋同心を利用したばかりか、血の繋がった弟にまで汚れ仕事をさせた。そうした手合いには、地獄行きの六文銭を渡すしかない。

「拙者は高垣大膳を張っておりました。つい今し方、柳橋から小船で乗りつけたところまでは確かめたのですが、向両国の桟橋に降りたったあと、すがたを見失ってしまいました。勘づかれたとはおもえませぬ。もしかしたら、どこぞに寄り道をしてからここに来るつもりかもしれない。待たれますか」

「いや、待てば機を失う。ここは一気に踏みこむ」

桃之進は三人の配置をきめ、ひとりで奥の部屋へ向かった。

もう、後戻りはできない。

息を大きく吸いこみ、襖障子を開ける。

上座はまだ来ぬ主役のために空けてあり、右脇に並んで座った鮫島外記と辰巳屋惣五郎が何事かを相談している。

一瞬、ふたりは目を白黒させた。

鮫島のほうが、冷静さを取りもどす。

「何じゃ、おぬしは」

「お忘れですか。葛籠桃之進にござります」

「のうらく者が、何の用じゃ」

「いくら待っても、大橋は落ちませぬぞ。それをお伝えにまいった」

「何じゃと」

「黒田七助は切腹し、普請奉行の江頭内匠頭は大橋の橋脚に吊るされておいでだ。十日も吊るしておけば、干乾しになりましょう。それだけではない。吟味方与力の荒尾中馬には天罰が下りました。今頃は、地獄の釜蓋を開けているところでしょう。さらに、天神の岩吉は縛につきましたので、悪事のからくりを洗いざらい吐いてもらわねばなりませぬ」

桃之進がよどみなく説いてみせるあいだ、鮫島と辰巳屋は呆気にとられていた。

「悪夢でもみているような顔ですな」

「待て、わからぬ。おぬしは何を申しておる」

「ありのままを申しあげたまで」

「おぬし、何者じゃ」

「ただの公事方与力にござりますが」

「それがなぜ、われらのことを知っておる」

たたみかけて発せられる問いにたいし、桃之進は凜然《りんぜん》と応じた。

「天網恢々疎《てんもうかいかいそ》にして漏らさず。悪事はかならず露見《ろけん》するということです」

「待て。おぬしの後ろ盾は誰じゃ」

「後ろ盾など、おりませぬが」

「まことに、おらぬのか」

「はい」

鮫島は蝶足膳をどけ、犬のように近づいてくる。

「ならばよ、わしらの仲間になれ。そうじゃ。金ならいくらでもやる。身分も保障しよう。何なら、勘定所に戻ってくるがよい。わしはな、このほど、勘定吟味役への昇進が内定した。御奉行に次ぐ地位に就いたあかつきには、おぬしを右腕にして進ぜよう。どうじゃ、わしは幕府の御金蔵を意のままにできる男よ。つまらぬ正義など捨てさり、わしの言うとおりにするがよい。の、わるいことは言わぬ。どうせ、そのつもりで顔を出したのであろうが」

「ぬはは、鮫島、みくびるなよ」

「へ」

「ご託を並べるのも、たいがいにしておけ」

横に控える辰巳屋が、懐中に手を突っこんだ。

「しゃらくせえ」

差しだした右手には、九寸五分が握られている。

「たわけっ」

気合を発し、桃之進は孫六を抜きはなった。

刃風が唸る。

「ぬぎゃ……っ」

辰巳屋の右腕が畳に落ちた。

「ふぇええ」

肘から下を失った口入屋は血を噴きながら転げまわり、やがて、力尽きて静かになった。

鮫島は腰を抜かし、わなわなと顎を震わせている。

あれほど高飛車だった男が、腑抜けも同然になった。

桃之進は黙って近づき、鮫島の髷《まげ》を摑むや、根元からぶつっと切った。

「仏門に入るなり、腹を切るなり、勝手にするがよい。もはや、おぬしに浮かぶ瀬はない。逃げれば、三尺高い栂《つが》の木に縛られる。左右から抜き身の槍に刺しぬかれて一巻の終わり、強欲者にとってはそれが相応《ふさわ》しい死に様かもしれん」

がっくりと項垂《うなだ》れた鮫島を置き去りにし、桃之進たちは茶屋をあとにした。

十四

見世を出ると、手拭いの端をくわえた女が月明かりの下に立っていた。

桃之進のほうへ、つつっと近づき、袖口に文を入れていく。

女は何も言わず、暗闇の向こうに消えた。

「金猫にございます」

と、安島が囁《ささや》く。

金猫とは本所回向院の周辺に出没する私娼たちのことで、人気もあるが値の張ることでも知られている。

文には、こうあった。

――回向院大銀杏にて待つ。

果たし状だなと、桃之進は察した。

「葛籠さま、罠かもしれませんよ」

三郎兵衛が、不安げな顔をする。

「いいや、尋常の勝負を望んでいるにちがいない」

根拠はないが、そんな気がした。

自分の手で、弟の仇を討ちたいのだ。

「われわれも助太刀いたしましょう」

意気込む安島を制し、桃之進は歯のない口で笑う。

「気持ちだけは、ありがたく貰っておこう」

「柄砕きをやぶる秘策は、まことにお持ちなのですか」

「ん、まあな」

三人に背を向け、回向院の鬱蒼《うっそう》とした杜《もり》をめざす。

桃之進の足取りは、鉛《なまり》の下駄を履いたように重い。

空にあるのは亥中《いなか》の月、袈裟懸けに斬ったように端が欠けている。

斬られた月の断片は、はたしてどこへいったのやら。

高垣大膳は、最強にして最後の壁であった。

その壁を突きやぶらぬかぎり、行く末は暗い。悪事は繰りかえされることになるだろう。金に転ぶ小役人は、いくらでもいる。普請奉行も勘定役人も、代替えはいくらでもきくのだ。

言うまでもなく、本丸目付は重職である。

職禄一千石、大身旗本のなかでも際立って有能な者しか就くことはできない。旗本八万騎の頂点に君臨し、その動向を公正な目でつぶさに監視する。人品骨柄は賤《いや》しからず、幕臣の範《はん》となるべき人材でなければつとまらぬ。ときとして「曲がった道も四角に歩く」と揶揄《やゆ》され、鉄面皮と陰口をたたかれて忌避《きひ》される。だが、世評に惑わされぬ強靭な精神をもった者でなければ、まず、つとまらない。

本丸目付ともあろう者が、ひとたび、我欲や妄執《もうしゅう》にとらわれたならば、幕府の屋台骨は根幹から揺るぎかねなかった。

桃之進にはしかし、正義の鉄槌を下すといった大それた考えはない。

相手の身分や職責などは、どうでもよかった。

ただ、悪事をはたらいて善人を傷つけ、平気な顔をしている者が許せないだけだ。

——許せぬ。

そのことばを胸に繰りかえし、桃之進は回向院の山門をくぐった。

「三度目か」

一度目は、末松丈太郎に呼ばれて足をはこんだ。待っていたのは、末松の遺体と橋同心の黒田七助だった。

二度目はほんの数刻前、はぐれ花火師の仙造を捕らえにやってきた。

そして三度目は、死を賭して向かう。

本堂を抜ければ、生死の間境《まざかい》がそこにあった。

死なばそれまで、とおもえば、気も楽になる。

彼岸の手前に聳《そび》える大銀杏を背に抱え、高垣大膳は悠然と待ちかまえていた。

深編笠はかぶっておらず、鮮やかな青虫色の着物を纏っている。

柄砕きを食らったときに付けていた着物だ。朱塗りの鞘もみえる。

色白の顔はのっぺりしており、鏡餅を縦に伸ばしたかのようだった。

目は細く、薄い唇《くち》もとは紫色にくすみ、それが酷薄な印象を与える。

桃之進は怯《ひる》まずに大股で近寄り、五間の間合いで足を止めた。

「虫螻《むしけら》め。逃げずに来たな。おぬしなど、わしの手をわずらわすまでもないが、弟を斬った相手と聞いては、黙って見過ごすわけにもいかぬ」

「お仲間はみな、地獄へ向かいましたぞ」

「ほ、そうか。どうりで、橋が落ちぬわけじゃ」

「かような悪事をはたらいて、恥ずかしゅうはないのですか」

「ほほ、虫螻が意見する気か。二度と口が利けぬように、今一度柄頭を叩きこんでくれよう」

「正気とはおもえませぬな」

「そうみえるか。城中におるとな、正気と狂気の間境があやふやになってくるのよ。出世するには金が要る。いくらあっても足りぬほどでな。賄賂《まいない》を贈る者も貰う者も、物狂いとしかおもえぬようになる。人の心は金で買える。それがわかった途端、生きるのが莫迦らしゅうなってくる。ふふ、おぬしは無外流の達人らしいな。とてもそうはおもわなんだが、何ぞ隠しもつ奥義でもあるのか」

「さて。どうでしょうな」

「ありそうだな。それを楽しみにしておったのよ。わしは金にも人にも興がわかぬようになった。唯一の楽しみは、こうした命のやりとりでな、夜な夜な市中をさまよっては、歯ごたえのある相手を捜しておるのさ」

心が病んでいるとしか言いようがない。

桃之進は袖で口を隠し、小さな袋を含んだ。

撞木足《しゅもく》に構え、ずらりと孫六を抜きはなつ。

「わしに小細工は通用せぬぞ」

高垣も抜いた。

腰反りの強い刀は、長さで二尺七寸はあろう。

手の長い高垣が右八相に構えると、刀は竿《さお》のように長く感じられた。

「願わくは花のもとにて春死なん、そのきさらぎの望月のころ」

高垣はなぜか、西行《さいぎよう》法師の詠んだ辞世の句を口ずさむ。

桃之進は、はっと気づいた。

鏡新明智流には『花影《かえい》』なる奥義がある。

相手の意表を突く片手上段斬りの演武を、御前試合で一度だけ目にしたことがあった。

奥義を使う気なのか。

それとも、花影を使うとみせかけ、ふたたび、柄砕きにくるのか。

どちらかひとつに絞らねば、対処のしようはない。高垣もそれと知り、こちらを惑わせる戦法に出ているのだろう。

勝つための算段に長《た》けた男だ。

が、高垣は自分の力量に酔っている。

酔うだけあって、構えに一分の隙もない。

だが、隙の無いところに勝機はひそんでいる。

「さあ、黄泉《よみ》路へまいろうか」

高垣は右八相から刃先をゆっくり車に落とし、雲を滑るように迫ってきた。
桃之進は青眼から刃先をやや上げ、受け太刀の構えをとる。
高垣は地摺りの下段から、白刃をせぐりあげる。
刃を合わせせた瞬間、桃之進はからだごと弾きとばされた。
力強い一撃だ。
一度目に対したときとは、あきらかにちがう。
本気なのだ。
流れるような身のこなしから、高垣は二段突きを仕掛けてくる。
辛《かろ》うじてこれを躱《かわ》し、反撃の水平斬りを見舞った。
「ふえい……っ」
髑髏の根付を落とした技だ。
高垣は反転し、間合いから逃れていく。
「ふふん、やりおる」
ぱらりと断たれた青虫色の片袖を、ばすっと引きちぎる。
「おもしろい。血が滾《たぎ》ってきおったわい」
たしかに、高垣の白い顔には赤味が射していた。

ちょうど、空にある月のようだ。
「願わくは花のもとにて春死なん」
西行の句がまた聞こえ、二尺七寸の刀が片手上段持ちに掲げられた。
まるで、月を串刺しにしているかのようだ。
流麗な構えに、うっかり見惚れてしまう。
やはり、必殺の奥義を使う気なのか。
「逝《ゆ》くがよい」
高垣は片手で刀を背負い、三間の間合いから飛蝗《ばった》のように跳ねとぶ。
刃音とともに、白刃がぐんと伸びてきた。
予想を超える伸びをみせ、頭蓋に叩きこまれてくる。
桃之進は口を固く閉め、下段から大振りに薙《な》ぎあげてやった。
全身全霊を込めて打たねば、花影の餌食になるしかない。
つぎの瞬間、すかされた。
勢い余って、前のめりになる。
踏みとどまった鼻面へ、高垣の肘が突きだされた。
先回同様、肘と肘の狭間から、鮫皮の巻かれた柄が覗く。

柄砕き。
この瞬間を待っていた。
「ぶはっ」
桃之進の口から、小さな袋が飛びだした。
これを避けるべく、高垣は柄頭を真上に持ちあげる。
白刃が閃き、破れた袋のなかから七味の粉が四散した。
「うわっぷ」
すでに、勝負は決している。
おもわず目を閉じた高垣の胸元に、ひんやりとした風が吹きぬけた。
桃之進のすがたは、正面にない。
小脇を擦りぬけ、大銀杏の洞《うろ》をみつめている。
高垣大膳はおのれの心ノ臓から噴きだす鮮血を眺め、艶然《えんぜん》と微笑《ほほえ》みながらこときれた。
生死を賭けた勝負とはいえ、あまり後味のよいものではない。
高垣は奥義花影をみせかけに使い、温存したことで墓穴を掘った。
名人同士でおこなう命の取りあいは紙一重の勝負、それほど甘いものではない。

一度使った技が二度目も通用すると判断した傲慢《ごうまん》さが、高垣の命を縮める原因となった。

もう二度と、この場所には足をはこびたくない。

びゅっと血振りを済ませて納刀し、桃之進は御神木に背を向けた。

十五

水無月晦日《みなづきみそか》は夏越《なごし》の祓《はら》い。

神社の鳥居には茅《ち》の輪《わ》が吊るされ、大川には穢《けが》れを託した人形《ひとがた》が流される。

物忌《ものいみ》の日の朝っぱらから、桃之進は年番方筆頭与力の用部屋に呼びつけられた。

要求された上納金はまだ、一銭も払っていない。

今日という今日は引導を渡してやる、と意気込む漆原帯刀の顔がみえるようだ。

「ちんぽこ与力め、人形にして流してやりたいやつだな」

桃之進は浮かぬ顔で廊下を渡り、部屋のまえで声を掛けた。

「葛籠桃之進、まかりこしました」

「はいれ」

襖障子を開くと、金柑頭《きんかあたま》が上座にふんぞりかえっている。

桃之進のほうをみようともせず、鼻の穴をほじっていた。

できるだけ、出口に近いところに尻を落とす。

「漆原さまにおかれましては、ご機嫌麗しそうで何よりにございます」

三つ指をついてみせると、漆原は梅干しでも含んだような顔をした。

「何じゃ、そのとってつけたような挨拶は。ほれ、早う出せ」

「え」

「え、ではない。携えてきたのは銀の鼠《ねずみ》か、それとも金の牛か」

「鼠だの牛だのと、仰ることがわかりませぬが」

「進物《しんもつ》じゃ。子《ね》年生まれのわしに気を遣い、廻り方の同心が携えてまいったのじゃ。おぬしはまがりなりにも、与力であろう。されば、鼠を超える進物を寄越さねば間尺に合わぬ。わしの妻は丑《うし》年生まれでな。それゆえ、金の牛と戯れたのじゃ。さあ、とぼけずに上納金を出すがよい」

「金の牛どころか、屁も出ませぬが」

ふざけた顔で言い、両袖を振ってやる。

漆原は眉間に青筋を立て、眸子《まなこ》を剝いた。

「のらく者め、今日は何の日じゃ」

「水無月晦日、夏の終わりにござります」

「上納金の期限は夏までと、申しつけておいたはずじゃ」

「それはまた、初耳でござる」

「抜かせ。今日でおぬしともおさらばじゃ。甲府でもどこでも、飛ばされてゆくがよい」

ぷいと横を向き、漆原はしっしっと、犬でも追いはらうような仕種《しぐさ》をする。

「お待ちを」

桃之進は百足《むかで》のように、ざざざと膝で躙りよった。

「な、何じゃ。もはや、おぬしに用はない。去《い》ね」

「いいえ。今少し、漆原さまのお世話になりとうござります」

「ふん、泣き落としか」

「いいえ。これをご覧ください」

桃之進は懐中に手を突っこみ、黄ばんだ帳面を取りだした。

「先日、湯島の金貸しがひとり、斬首とあいなりました。天神の岩吉なる者ですが、ご存じでしょうか」

「法外な利息で金を貸し、借りぬとなれば脅して借りさせ、何人もの善人を地獄へ堕とした不届き者ではないか」

「その不届き者が見掛けによらずまめな男で、帳面を付けておりました。どうぞ、三頁目をお開きください」

「ん」

「そこに漆原さまのご姓名と袖の下の金額が、渡された日付ごとに記されてござります。ぜんぶあわせて、三百両はくだりますまい」

「げっ」

借りた金を返せず、娘を苦界《くがい》へ売らねばならぬ者もいるというのに、一方では何もせずに懐を肥やす役人もいる。

「嘆《なげ》かわしいはなしでござる。なるほど、不浄役人で袖の下を貰わぬ者は甲斐性無しの亭主も同じとは申せ、首を刎《は》ねられた不届き者から袖の下を貰っていたとなれば、ただではすみますまい」

「こ、これを、おぬしはどうやって手に入れたのじゃ」

「たまさか、金公事方に流れてまいりました」

「誰かに喋ったか」

「まず、まっさきに漆原さまに申しあげようと、馳せ参じましてござります」

「さ、さようか。葛籠よ、おぬし、このことを誰かに喋るつもりではあるまいな」

「滅相もございません。手前はどこまでも、漆原さまに従《つ》いてまいります」

「ほ、そうか」

「はい」

桃之進は顎を突きだし、にゅっと歯を剝いて笑う。

四本の前歯には、黄色い柘植の歯が差してあった。

渋い顔の漆原を尻目に、桃之進は用部屋をあとにする。

長い廊下には、穏やかな朝の光が射しこんでいた。

夏越の風が心地よい。

「昼寝にはもってこいの日だな」

凱旋《がいせん》気分で金公事蔵へ戻ってくると、安島と馬淵がめずらしく、しゃきっと起きている。三郎兵衛までが待ちかまえており、三人とも意味ありげに、にやついていた。

安島が囁いてくる。

「じつは、隣部屋に客を呼んであります」

「客」

「まあ、どうぞ」

いつもは金公事裁きをおこなう狭い部屋に、年老いた男とその娘らしき若い女が並んで平伏している。

たいそう立派な召し物から推すに、商家の父と娘であろうか。

「面《おもて》をあげよ」

安島が重々しく発した。

持ちあげられたふたりの顔を眺め、桃之進は驚いた。

鎧を食っていた関屋村の治平と、娘のおはちにほかならない。

「治平どのは本懐なされましてな、このたび、村人たちの総意で庄屋に返り咲きました」

安島の説明に、おはちは涙ぐむ。

「これもみな、葛籠さまはじめみなさまのお力添えのたまものにござります。さ、おとっつぁん、ご挨拶を」

「ふむ」

治平は気後《おく》れしたのか、もじもじしながら口ごもる。

桃之進は、助け船を出してやった。

「治平よ、鎧の味はどうであった」

「へえ。嚙めば嚙むほど味がでる、鯣《するめ》のようなものにござりました」

「鯣か」

干涸らびた治平の顔を思い起こす。

あのときとは別人で、血色もよい。

「夢から醒めてよかったの」

「へえ。夢から醒めたら、おはちが戻っておりました。何やら、浦島太郎になった気分でござります」

治平は目尻をさげ、童子《どうじ》のように微笑む。

「浦島太郎か、それはいい」

安島も馬淵も三郎兵衛も、おはちまでもが腹を抱えた。

この夏に起こったことのすべてが、夢のなかの出来事であったように感じられてならない。

部屋の隅に置かれた手桶には、おはちが土産に携えてきた夏椿《つばき》が飾ってあった。

しっとりとした純白の花弁は、庄屋の愛娘が苦界に堕ちても失わずにいた清らかな心をおもわせる。

「されば、祝杯をあげましょう」

お調子者の安島が、一升徳利と湯呑みをぶらさげてきた。

「ぬはは、奉行所のなかで朝から酒盛りができるのは、金公事蔵だけであろうな」

桃之進はなみなみと注がれた冷や酒を呷り、腹の底から嗤《わら》いあげた。

一〇〇字書評

恨み骨髄

切・り・取・り・線

購買動機（新聞、雑誌名を記入するか、あるいは○をつけてください）

□（　　　　　　　　　　）の広告を見て	
□（　　　　　　　　　　）の書評を見て	
□ 知人のすすめで	□ タイトルに惹かれて
□ カバーが良かったから	□ 内容が面白そうだから
□ 好きな作家だから	□ 好きな分野の本だから

・最近、最も感銘を受けた作品名をお書き下さい

・あなたのお好きな作家名をお書き下さい

・その他、ご要望がありましたらお書き下さい

住所	〒				
氏名		職業		年齢	
Eメール	※携帯には配信できません	新刊情報等のメール配信を 希望する・しない			

この本の感想を、編集部までお寄せいただけたらありがたく存じます。今後の企画の参考にさせていただきます。Eメールでも結構です。

いただいた「一〇〇字書評」は、新聞・雑誌等に紹介させていただくことがあります。その場合はお礼として特製図書カードを差し上げます。

前ページの原稿用紙に書評をお書きの上、切り取り、左記までお送り下さい。宛先の住所は不要です。

なお、ご記入いただいたお名前、ご住所等は、書評紹介の事前了解、謝礼のお届けのためだけに利用し、そのほかの目的のために利用することはありません。

〒一〇一‐八七〇一
祥伝社文庫編集長　清水寿明
電話　〇三（三二六五）二〇八〇

祥伝社ホームページの「ブックレビュー」からも、書き込めます。
www.shodensha.co.jp/bookreview

祥伝社文庫

恨《うら》み骨髄《こつずい》 のうらく 侍《ざむらい》 御用箱《ごようばこ》

平成22年4月20日　初版第1刷発行
令和4年4月15日　第5刷発行

著　者　坂岡《さかおか》　真《しん》

発行者　辻　浩明

発行所　祥伝社《しょうでんしゃ》

東京都千代田区神田神保町3-3
〒101-8701
電話　03（3265）2081（販売部）
電話　03（3265）2080（編集部）
電話　03（3265）3622（業務部）
www.shodensha.co.jp

印刷所　萩原印刷
製本所　ナショナル製本

 ISBN978-4-396-33574-8 C0193

祥伝社文庫の好評既刊

坂岡　真　のうらく侍

やる気のない与力が〝正義〟に目覚めた！　無気力無能の「のうらく者」が剣客として再び立ち上がる。

坂岡　真　百石手鼻《ひやっこくてばな》　のうらく侍御用箱②

愚直に生きる百石侍。のうらく者・桃之進が魅せられたその男とは⁉　正義の剣で悪を討つ。

坂岡　真　火中の栗　のうらく侍御用箱④

乱れた世にこそ、桃之進！　世情の不安を煽り、暴利を貪り、庶民を苦しめる悪を〝のうらく侍〟が一刀両断！

坂岡　真　地獄で仏　のうらく侍御用箱⑤

愉快、爽快、痛快！　まっとうな人々を泣かす奴らはゆるさねえ。奉行所の「芥溜」三人衆がお江戸を奔る！

坂岡　真　お任せあれ　のうらく侍御用箱⑥

白洲で裁けぬ悪党どもを、天に代わって成敗す！　のうらく侍、一目惚れした美少女剣士のために立つ。

岡本さとる　取次屋栄三《えいざ》

武家と町人のいざこざを知恵と腕力で丸く収める秋月栄三郎。縄田一男氏激賞の「笑える、泣ける」傑作時代小説。

祥伝社文庫の好評既刊

岡本さとる
がんこ煙管《ぎせる》
取次屋栄三②
栄三郎、頑固親爺と対決！「楽しい。面白い。気持ちいい。ありがとうと言いたくなる作品」と細谷正充氏絶賛！

岡本さとる
若の恋
取次屋栄三③
名取裕子さんもたちまち栄三の虜に！「胸がすーっとして、あたしゃ益々惚れちまったぁ！」大好評の第三弾！

岡本さとる
千の倉より
取次屋栄三④
「こんなお江戸に暮らしてみたい」と、日本の心を歌いあげる歌手・千昌夫さんも感銘を受けたシリーズ第四弾！

岡本さとる
茶漬け一膳
取次屋栄三⑤
この男が動くたび、絆の花がひとつ咲く！ 人と人とを取りもつ〝取次屋〟の活躍を描く、心はずませる人情物語。

岡本さとる
妻恋日記
取次屋栄三⑥
亡き妻は幸せだったのか？ 日記に遺された若き日の妻の秘密。老侍が辿る追憶の道。想いを掬う取次の行方は。

岡本さとる
浮かぶ瀬
取次屋栄三⑦
神様も頬ゆるめる人たらし。栄三の笑顔が縁をつなぐ！ 取次屋の心にくい〝仕掛け〟に不良少年が選んだ道とは？